The Poetry
for the
Girlfriend

为这场雪
我　　要
感　谢　你

献给
女友的

诗

高兴　选编

[俄罗斯] 列昂尼德·阿龙宗　等著

晴朗李寒　等译

人民文学出版社

图书在版编目 (CIP) 数据

为这场雪我要感谢你：献给女友的诗 / 高兴选编；
(俄罗斯) 列昂尼德·阿龙宗等著；晴朗李寒等译.—
北京：人民文学出版社，2019
(献给女性的诗)
ISBN 978-7-02-014031-2

Ⅰ. ① 为… Ⅱ. ① 高… ② 列… ③ 晴…Ⅲ. ① 诗集—世界
Ⅳ. ① I12

中国版本图书馆 CIP 数据核字 (2018) 第 062371 号

出版统筹　仝保民
责任编辑　陈　黎
特约策划　李江华
特约编辑　耿媛媛
书籍设计　李思安

出版发行　人民文学出版社
社　　址　北京市朝内大街 166 号
邮政编码　100705
网　　址　http://www.rw-cn.com

印　　刷　三河市祥宏印务有限公司
经　　销　全国新华书店等

字　　数　200 千字
开　　本　787×1092 毫米　1/32
印　　张　6.5
印　　数　1—6000
版　　次　2019 年 12 月北京第 1 版
印　　次　2019 年 12 月北京第 1 次印刷

书　　号　978-7-02-014031-2
定　　价　49.00 元

如有印装质量问题，请与本社图书销售中心调换。电话：010-65233595

编者
的话

　　需要特别说明的是,"献给女性的诗"是人民文学出版社编辑前辈的创意。那还是 1989 年,一套"献给女性的诗"由外国文学出版社(系人民文学出版社副牌,以出版外国文学作品为主)精心选择于三八妇女节前推出。这套"献给女性的诗"共三册,分别为:《献给妈妈》《献给女友》和《献给妻子》。绿原先生、屠岸先生和高莽先生分别为三册书作序。永恒的主题,真挚的诗篇,感人的序言,加上小巧、清新、温馨的装帧设计,使得这套诗集吸引了众多文学爱好者的目光,成为无数读者镌刻于心头的阅读记忆。

　　时间流逝,一晃二十八年过去了。再度翻阅这套诗集,依然有不少感动,但因了时间距离,自然也生出一些不满。感觉这套诗集还是有点单薄,且不平衡,读起来不过瘾。有意思的是,《献给女友》的篇幅最大,达两百页,而《献给妈妈》和《献给妻子》的篇幅几乎要少一半。选目上,苏联诗歌过多,世界性和当代性体现得不够。最最关键的是,一些诗作在今日看来，艺术性和思想性明显欠缺。在此情形下，调整、丰富和拓展这套诗集，已是一件有必要也有意义的事情。资深出版人全保民先生敏锐地意识到了这一点，于是，委托我重新编选"献给女性的诗"。

我深知这是项美好却又艰巨的任务，几番想推辞，但终于心不忍。无论是出于对女性的热爱，还是出于对全先生以及其他编辑前辈的敬重，都要尽心尽力地做好这件事情。

艺术性、经典性、丰富性、世界性、适当的当代性，是我重新编选这套诗集的主要标准。此外，译诗，译诗，翻译至关重要。对翻译文本的讲究，也是我尤为重视的。在这里，要感谢我欣赏和敬佩的所有诗歌翻译家的支持！是他们出色的译品支撑起了我们的选本。总之，我所付出的一切心血都是为了能让这套"献给女性的诗"更加精致，更加丰富，更加开阔，更加动人。

心愿和实际，总是有距离的。水平有限，有不足和谬误之处也就难免，恳请读者朋友及各路方家多多斧正！我想，这套诗集应该呈开放状态，期盼今后能有编者不断地调整和拓展。我还想，既然已编出"献给女性的诗"，那么，是否也该在适当时候编选出"献给男性的诗"？毕竟女性和男性一道成就了我们的人类世界，成就了种种的诗意和美好！

高　兴

2017 年 4 月 21 日于北京劲松

目录

6

当我们还是少男少女的时候

[韩国] 沈甫宣 / 薛舟 译

我们留下怎样的声誉

影子里留下几个黑结

还记得吗

当我们还是少男少女的时候

周末的动物园门庭若市

闪亮如夜光的大象和

骆驼的缓慢行进

以及时间的飞速进行

胳膊尽头结出的果实叫拳头

那是轻咳如霹雳的时节

当我们还是少男少女的时候

悄悄地打量半个对方

在花荫里腌渍恋慕之情

如果你喊傻瓜

就有人回答傻瓜的时候

还记得吗

如果还记得

请放声大笑

请你拔下镶嵌在牙床的金黄犄角

那是长久的沉默形成的第二条舌头

你应该知道

那笑声，尽管声音响亮

味道却糟透了

我们是腐朽岁月的儿女

我们没有留下任何声誉

影子里的黑结终于全部解开

沈甫宣 (1970—)

　　韩国诗人。毕业于首尔大学社会学系，获得美国哥伦比亚大学社会学博士学位。大学期间担任《大学报》摄影记者，1994年诗歌《风景》当选《朝鲜日报》新春文艺奖，从此登上文坛。目前为"21世纪展望"组织同仁。2009年，获得第16届"金坡成文学奖"。2011年，获得第4届网络杂志"诗人广场"的年度好诗奖。2011年，获得第11届"露雀文学奖"。

［蒙古国］拉哈巴苏荣 / 哈森 译

默不作声的黑暗

四只手　令人迷失的黑暗

唇自唇开始你和我

恨不得吞了彼此

缠绵

温煦的黑暗

心智明灭的黑暗

你和我　用心灵之刀

恨不得捅了彼此

要死一般交汇

身旁陨落的星星

翻身时忧伤地沙沙直响

随后升起的月之"白血"

流淌在你我之间

亲爱的人

枕着我的胳膊目光清澈

不想哭泣

却有泪水浸湿了心

留恋她长发的黑暗

被晨光驱逐　消散

日后　会有死亡

畅饮这个夜晚酿在两颗心中的酒

酩酊大醉

罗曼思

[蒙古国] 拉哈巴苏荣 / 哈森 译

细数着野草想念你

声声叹息填满草原

愈是想念　愈不见美丽的你

不见你！

我喜欢在想你的幸福中沉浸

不见你！

我等待姗姗来迟的喜悦

想你的时候心儿真无望

声声叹息充盈了戈壁

愈是想念　愈不见美丽的你

每次见面都是头一回啊

所以不见你！

每次见面都是最后一次

所以不见你！

你的眼睛

分别之夜有星星

你的眼睛

相见之日有太阳

你的心儿

想念的时候满是我的心

我的心儿

想念的时候满是你的心

巴·拉哈巴苏荣（1945— ）

蒙古国著名诗人，1945年出生于中央省温株勒苏木。曾任蒙古国作协主席、蒙古国大呼拉尔议员。曾荣获蒙古国作家协会奖、蒙古国文化杰出功勋奖、蒙古国国家功勋奖以及"蒙古国人民作家"称号。曾获蒙古国《水晶杯》诗歌大赛冠军三次。2007年世界诗歌大会上获"杰出诗人"奖。著有诗集、歌剧作品、电影作品、儿童剧作品、歌词等多种作品集。

光明，我的光明

[印度] 泰戈尔 / 冰心 译

光明，我的光明，充满世界的光明，吻着
　　眼目的光明，甜沁心腑的光明！

啊，我的宝贝，光明在我生命的一角跳舞；
　　我的宝贝，光明在勾拨我爱的心弦，天开了，
　　大风狂奔，笑声响彻大地。

蝴蝶在光明海上展开翅帆。百合与茉莉在
　　光波的浪花上翻涌。

我的宝贝，光明在每朵云彩上散映成金，
　　它洒下无量的珍宝。

我的宝贝，快乐在树叶间伸展，欢喜无边。
　　天河的堤岸淹没了，欢乐的洪水在四散奔流。

我曾在百种形象百回时间中爱过你

[印度]泰戈尔 / 冰心 译

我曾在百种形象百回时间中爱过你，

从这代到那代，从今生到他生。

我的爱心织穿起来的诗歌的链子

你曾仁慈地拿起挂在颈上，

从这代到那代，从今生到他生。

当我听着原始的故事，

那远古时期的恋爱的苦痛，

那古老时代的欢会和别离，

我看见你的形象从今生的

昏暗中收集起光明

像永远嵌在"万有"记忆上的星辰呈现着。

我俩是从太初的心底涌出的

两股爱泉上浮来。

我俩曾在万千情人的生命中游戏

在忧伤的充满着眼泪的寂寞中，

在甜柔的聚合的羞颤中，

在古老的恋爱永远更新的生命里。

那奔涌的永恒的爱的洪流

至终找到了它的最后完全的方向。

一切的哀乐和心愿，

一切狂欢时刻的记忆，

一切各地各时的诗人的恋歌

从四面八方到来

聚成一个爱情伏在你的脚下。

我把写出我的秘密的情歌送给你

[印度]泰戈尔 / 冰心 译

我把写出我的秘密的情歌送给你无定的心灵

我感到羞怯，恐怕它的

意义和韵调被忽略了。

我要等到那个同情的夜晚

一段幸运的时间，

你的眼光沉浸在温柔的朦胧之中，

我的声音在真理的

深深宁静中达到了你。

我要从我的低语中把我的秘密

在你心的寂静的一角

转来转去，

就像蟋蟀在寂静的娑罗树丛中

夜的珠串里

旋转它的唧唧的单音的念珠。

罗宾德拉纳特·泰戈尔 (1861—1941)

　　印度近代最著名的诗人、作家、社会活动家。他一生创作丰富，写了两千首诗（出版五十部诗集），十二部中长篇小说，百余篇短篇小说，还有剧本、论文、游记等。1913 年获诺贝尔文学奖。1924 年曾来我国访问。

情歌

[以色列] 耶胡达·阿米亥 / 王家新 译

和一个女人又累又沉重地在阳台上：

"别离开我。"路像人一样死去：

静静地或突然地断裂。

别离开我。我想成为你。

在这个燃烧的国家

词语得成为荫凉。

静静的欢乐

[以色列] 耶胡达·阿米亥 / 王家新 译

我站在我曾经爱的地方。

雨在落下。雨丝即是我的家。

我在渴望的低语中想着

一片远远的我可以够着的风景。

我忆起你挥动着你的手,

就像在擦窗玻璃上的白色雾气。

而你的脸,仿佛也放大了,

从一张从前的、已很模糊的照片。

从前我的确很不好

对我自己和对他人。

但是这个世界造得如此美丽就像一张

公园里的长椅，为了你好好休息。

所以我现在会找到一种

静静的欢乐，只是太晚了，

就像到很晚才发现一种绝症：

还有几个月的时间，为这静静的欢乐。

耶胡达·阿米亥（1924—2000）

　　以色列著名诗人，他的诗融入了个人生存经验与充
满民族、宗教冲突的残酷现实，在艺术上则将古老传统
和现代诗艺结合起来，在世界上享有广泛的声誉，以色
列前总理拉宾曾这样推荐阿米亥："我认为他是这片土
地的桂冠诗人，他的作品深深领会这片古老的、产生了
伟大信仰和文化的土地的价值，以及它的痛苦和迷误。"

致凯恩

［俄罗斯］普希金 / 戈宝权 译

我记得那美妙的一瞬，

在我的面前出现了你，

有如昙花一现的幻影，

有如纯洁之美的精灵。

在绝望的忧愁的折磨中，

在喧闹的虚幻的困扰中，

我的耳边长久地回响着你温柔的声音，

我还在睡梦中见到你可爱的面影。

许多年代过去了。狂暴的激情

驱散了往日的梦想，

于是我忘记了你温柔的声音，

还有你那天仙似的面影。

在穷乡僻壤，在囚禁的阴暗生活中，

我的岁月就那样静静地消逝，

没有神性，没有灵感，

没有眼泪，没有生命，也没有爱情。

如今灵魂已开始觉醒：

于是在我的面前又出现了你，

有如昙花一现的幻影，

有如纯洁之美的精灵。

我的心狂喜地跳跃，

为了它一切又重新苏醒，

有了神性，有了灵感，

有了生命，有了眼泪，也有了爱情。

我曾经爱过你

［俄罗斯］普希金／戈宝权 译

我曾经爱过你：爱情，也许

在我的心灵里还没有完全消亡；

但愿它不会再打扰你；

我也不想再使你难过悲伤。

我曾经默默无语地、毫无指望地爱过你，

我既忍受着羞怯，又忍受着嫉妒的折磨；

我曾经那样真诚、那样温柔地爱过你，

但愿上帝保佑你，另一个人也会像我爱你一样。

亚历山大·谢尔盖耶维奇·普希金 (1799—1837)

十九世纪俄国杰出的诗人、俄国现实主义文学的奠基人。他一生写过大量的抒情诗、叙事诗、童话诗和长篇诗体小说《叶甫盖尼·奥涅金》，著有小说《上尉的女儿》《别尔金小说集》和悲剧《鲍利斯·戈奇诺夫》等。

表白

[俄罗斯] 巴拉廷斯基 / 汪剑钊 译

你不要向我祈求虚假的温柔：

我不会掩饰心灵忧伤的寒意。

你说的对：我初恋时美妙的情焰

　　而今已经全然熄灭。

我徒然在记忆中竭力搜寻

你可爱的形象，还有往日的梦想，——

我的回忆了无生气。

我曾立下誓言，却力所不逮。

我也不是为别的美人迷惑，

你千万不要因此而心生妒意；

但分别的岁月实在太过漫长，

在生命的风暴中我精神有所慰藉。

你的身影已经飘忽模糊；

我很少将你呼唤，也不再主动，

我的热情变得逐渐冷淡，

在我灵魂深处自行熄灭。

相信吧，我还孑然一身。灵魂尚存爱心，

　　但我不愿重新恋爱；

我不会再次遗忘：唯有初恋的情感

令我们彻底迷醉。

我忧伤不已，但只要命运将我彻底战胜，

随后，这忧伤也就一去不返，

谁知道呢？我也会附和大众的意见。

我会选择一名没有爱情的女友，——谁知道呢！

在精心策划的婚礼上，我向她伸手示意，

与她肩并肩走进教堂，

那纯洁、忠贞的人儿或许还沉浸于甜蜜幻想。

　　我会对她以"我的"相称，

你也会获知这消息；但你可别陡生嫉妒：

我俩之间的秘密，我不会去泄露，

我们内心的衷肠不会有人知晓——

我与她虽有婚姻却未结同心，

这样的结合只是命运的安排。

别了，我们还要走漫长的道路，——

我寻找了一条新路，请你也选择一条新路，

没有结果的忧伤要用理智米控制，

我祈望你不要与我一起面对无谓的审判！

在年轻懵懂的时光，

我们缺乏自制的能力，

匆忙立下海誓山盟，

或许，这让全知的命运觉得非常滑稽。

巴拉廷斯基 (1800—1844)

俄罗斯抒情哲理诗人。少年时进入彼得堡贵族子弟学校学习，但因犯有过失而被开除，作为列兵而被编入禁卫军团。此事对他一生影响甚大，其创作上沉郁、伤感的诗风在一定程度上与之有关。他擅长描写自然风景和爱情，将饱满的激情纳入"冷静的理智"中，形成了独特的戏剧性冲突，其诗句音韵和谐、美妙，用词简练、准确。

最后的爱情

[俄罗斯] 丘特切夫 / 汪剑钊 译

哦，在我们人生的下坡路上，

我们相爱得更加温柔，更加迷信……

闪耀吧，闪耀，告别的光辉

来自黄昏的晚霞，最后的爱情！

阴影覆盖了半个天空，

唯有在西方徜徉着一抹夕光，

且慢啊，且慢，黄昏的余晖，

让迷人的魅惑延长啊，再延长。

哪怕脉管中的血液日益干涸，

但心中的温柔却永不会枯竭……

哦，你，最后的爱情！

你既是至福，又是绝望。

我在那个时候认识了她

[俄罗斯] 丘特切夫 / 汪剑钊 译

我在那个时候认识了她，

那是童话似的美妙岁月，

仿佛创世之初的一颗星星，

面对黎明露出的晨曦，

倏忽隐没到蓝色的天空……

她总是那样的美丽，

充满了那种清新的魅力，

充满了黎明前的幽光，

无声无息，无形无踪，

仿佛花朵上的一滴露珠……

那时，她风华正茂的生命

是那样的完美，那样的圆满，

全然超脱于俗世凡尘，

可是，她已离去，在空中

隐没，仿佛一颗流星。

丘特切夫 (1803—1873)

俄罗斯哲理诗最重要的代表，有"抒情的哲学家"之美誉。他曾与诗人海涅和哲学家谢林交往甚密，深受后者的先验论唯心主义思想和德国浪漫美学的影响。丘特切夫非常善于将抽象的哲理寓于诗意的形象，在情感的抒发中阐述对生活的思考，自然与爱情是他钟爱的两大主题，其创作中显露的早期象征主义特征尤为后来的诗人推崇，被誉为"第一流的诗歌天才""俄罗斯诗坛上不可多得的卓越现象"。

致黑眼睛的女郎

[俄罗斯] 别涅季克托夫 / 汪剑钊 译

不，美人儿，你无须多言，

你不用对我嘟哝着诉说，

说什么你生于蛮荒之地，

成长于荒凉偏僻的角落！

不，我不会相信的，

狂暴的风将你从远方吹来：

你——是东方的一颗明珠，

你是灼热土地的一朵小花！

黑色的眼睛，黑色的头发——

全然不似俄罗斯的姑娘，

你慵懒疲惫的嗓音

从来不曾拖长了音调。

你的脸庞没有一丝云翳，

灵活的身躯曲线毕露——

一条来自亚洲的蛇。

你从不眯缝眼睛瞅人，

你的眼底有松香在沸腾，

额头下面烈焰燃烧，

仿佛掀起一场热带风暴。

你一双动人的眸子——

仿佛闪烁不定的磷光，

最为甜蜜的呼吸飘拂着

四处弥漫爱情的麝香。

别涅季克托夫 (1807—1873)

俄罗斯诗人，其诗歌注重形式，想象诡谲，用词出人意料，敢于打破韵律上的陈规束缚，得到茹科夫斯基、屠格涅夫和丘特切夫等文坛名人的赞赏。不过，由于受到别林斯基的偏见性的批评影响，他的诗歌地位并没能获得应有的承认。直到二十世纪二十年代，他的探索性价值才被认识到，这与一部分形式主义理论家，如托马舍夫斯基、金兹堡等的推助有密切的关系。

第二自我

［俄罗斯］费特／汪剑钊 译

仿佛倒映在山涧中的一朵百合，

你在我第一支歌中显现玉身，

究竟是否算一个胜利，谁的胜利？——

小涧战胜花朵，还是花朵战胜小涧？

你一颗年轻的灵魂完全理解，

懂得神秘的力量告诉我的一切，

没有你，我的生活必将郁闷不乐，

但我与你仍在一起，无法被分隔。

远处，你墓地上的青草依然如故，

这里，心愈是衰老，记忆愈加清新，

我也知道，当我有时眺望星空，

你和我一起极目注视，犹如天神。

爱情有自己的词汇，它们不会消亡。

一个特别的法庭等待着你和我；

它很快就能在人群中辨认出我们，

我们将双双抵达，无法被分隔。

费特 (1820—1892)

俄罗斯纯艺术派诗人最出色的代表。他认为，美是诗歌写作的最高准则，艺术是纯粹的、非功利的，因此，应该关心永恒的主题，而不需要过多地关心现实生活。在具体的写作上，他善于捕捉瞬间的印象，细致、准确地描绘人的内心世界，意境空灵、逸雅，音韵和谐、优美。他的创作尤以风景诗最为人称道，以鲜明的形象和深刻的内蕴而备受列夫·托尔斯泰的推崇。

在雨中

[俄罗斯] 迈科夫 / 汪剑钊 译

你是否记得：我们不曾料到会遭逢雷雨，

在离家很远的地方，一场暴雨袭击了我们；

我们赶紧躲到毛茸茸的云杉下面，……

这可真是无比的惊恐，又无限的欣悦！

雨丝透过阳光滴落，在蓬松的云杉下面，

我们站立，仿佛置身金丝的笼子；

我们周围的地面有无数珍珠在蹦跳；

那些个雨点啊，从一根根针叶上滚落，

亮晶晶地落下，打在你的小脑袋上，

或者滑过肩膀，直接渗入你的紧身胸衣……

你是否记得，——我们的笑声越来越轻……

突然，在我们头顶上空，响起一个惊雷，

你贴紧了我的胸口，因为恐惧而闭起眼睛……

这真是天赐的甘霖啊！一场金子的风暴！

迈科夫 (1821—1897)

俄罗斯纯艺术派诗人的重要的代表。大学毕业后，曾任职于沙皇政府的财政部。1841 年，出版了第一本诗集，得到了别林斯基的赏识，称为"俄罗斯诗歌发展史上的一个重要现象"。他非常推崇和喜爱古希腊罗马文学,创作了一部分具有古风性质的诗歌。在他的心目中，理智是软弱的，需要从大自然中汲取灵感，找到创作的分寸感。他的风景诗带有印象主义的画面感，对后世有很大的影响。

爱情

[俄罗斯] 维雅·伊万诺夫 / 汪剑钊 译

我们是被雷电击燃的两棵树身，

夜半松林中的两朵火焰；

我们是飞进黑夜的两颗流星，

同一命运的双矢飞箭！

我们是被同一只手戴上嚼环，

为同一个马刺所扎痛的两匹马儿；

我们是射出同一道目光的两眼，

一个幻想的两只飞翅。

我们是神圣墓地的石碑上空

一对悲伤的影子，

古典的美在那里长眠不醒。

我们是保守同一个秘密的两片嘴唇，

我俩本身就是一个司芬克斯。

我们是一个十字架上的两只手臂。

维雅·伊万诺夫 (1866—1949)

俄罗斯象征主义诗人、宗教哲学家。伊万诺夫的创作深受德国浪漫美学，尤其是诺瓦利斯、荷尔德林等的影响，其作品较喜用古雅的词汇，格律严谨，音乐和谐。他企望以文学来实现世界的宗教化，在抒情的表象下多有对人生的哲理思考。

恋人的素手像一对天鹅

[俄罗斯] 叶赛宁 / 汪剑钊 译

恋人的素手像一对天鹅,

在我金色的卷发里出没。

这世界上的每一个人啊,

都会反复吟唱一支情歌。

我曾经在远方也唱过这支歌,

如今呀,又重新将它唱起,

歌词里饱含着柔情绵绵,

我的内心感到无比地甜蜜。

只要把灵魂彻底投入爱河深处,

心儿哟,就会变成一块纯金;

可是,德黑兰的月亮啊,

不能温暖这动情的歌声。

我不知道如何度完这余生,

是倒进亲爱萨姬的温柔乡？

还是挨到垂暮之年，再去

感慨青年时代勇敢的歌唱？

世间万物各有自己的准则，

有的动听，也有的悦目。

倘若波斯人编不出好歌，

就该被永远从设拉子逐出。

人们尽可以品头论足，

评判我和我的歌声：

倘若不是那一对天鹅，

他本可唱得更温柔、更迷人。

叶赛宁 (1895—1925)

俄罗斯意象派诗歌最重要的代表。他是一位浪漫气质极为浓厚的诗人，在创作中善于使用色彩的点染，着意于诗歌的绘画美，表达个人复杂多变的情绪感受。他的作品语言清新、自然，节奏明快，意境优美，表达了对乡村生活与大自然的无限眷念。或许针对这些特征，高尔基充满感慨地说道："叶赛宁与其说是一个人，倒不如说是自然界特意为了表达对一切生灵的爱和恻隐之心而创造出来的一个器官。"

太阳的嘴唇

[俄罗斯] 古米廖夫 / 王守仁 译

你孩童般的小口和少女般大胆的眼神，

我一生都不会忘记，

这就是为什么当我思念你的时候，

说的和想的都富有韵律。

我感觉到无边的大海

在月球的引力下如何晃动，

亘古以来注定运转的星辰

如何闪烁，如何运行。

噢，你这含笑的真正的美人，

若能永远同我在一起，

我就会踏上一颗颗星星，

去亲吻太阳那火热的嘴唇。

尼古拉·斯捷潘诺维奇·古米
廖夫 (1886—1921)

俄罗斯诗人。主要作品有诗集《征服者之路》《珍珠》
及诗论《诗的生命》等。

我爱你比自然更多一些

[俄罗斯] 叶夫图申科 / 汪剑钊 译

我爱你，比自然更多一些，

因为你，就如同自然本身。

我爱你，比自由更多一些——

没有你，自由——也只是监狱。

我爱你，那么漫不经意，

仿佛爱深渊，而不是车辙，

我爱你，比可能性更多一些，

也比不可能性更多一些。

我不倦地、无限地爱你，

哪怕已酒醉，受尽了蹂躏。

比自我更多，确切地说，

甚至比纯粹的你更多一些。

我爱你，比莎士比亚更多一些，

比尘世间一切的美更多一些，

甚至比世间的音乐更多一些，

因为，你——就是书籍和音乐。

我爱你，比荣誉更多一些，

要比整个星球的光彩更多一些，

我爱你，就像对俄罗斯的爱，

因为，祖国——那就是你。

你不幸吗？你在祈求获得怜悯？

请不要用乞求来激怒上帝。

我爱你，比幸福更多一些。

我爱你，比爱情还更多一些。

叶夫图申科 (1932—2017)

　　俄罗斯诗人，"高声派"诗歌的重要代表。在二十世纪俄罗斯诗坛，叶夫图申科以机智、雄辩闻名，非常重视诗歌的轰动效应，曾说过一句流传甚广的名言："在俄罗斯，比诗人更多的还是诗人。"除抒情诗以外，他的政论诗也别具特色，这些作品大多涉及历史事件与社会现实，用语夸张、新颖，极富感染力。《娘子谷》一诗在七十年代被译成中文收入"黄皮书"后，在中国得到了广泛的传播，曾影响了包括北岛在内的"今天派"诗歌的创作。

出于迷信

[俄罗斯] 鲍里斯·帕斯捷尔纳克 / 王家新 译

这藏着一只橘子的火柴盒

就是我的斗室。

它不是旅馆里乱糟糟的房间，

而是我一生的葬身之地！

再一次，出于迷信，

我把我的行李放在这里。

墙纸闪耀着橡树的颜色，

而门枢在歌唱。

我的手将不会松开门闩，

任你躲闪着要出去。

而额发触到刘海，

嘴唇碰到了紫罗兰。

亲爱的，看在过去的分上，

你的衣裙现在开始飘动，

像是一朵雪莲，在向四月致礼，

像是在轻声慢语。

怎能说你不是贞洁的圣女：

你来时带来了一把小椅子，

你取下我的生命如同取自书架，

并吹去名字上的蒙尘。

帕斯捷尔纳克 (1890—1960)

俄罗斯诗人，生于莫斯科一个画家家庭，早年曾在德国留学，十月革命前出版过诗集《云雾中的双子星座》(1914) 和《在街垒上》(1917)，1924 年出版诗集《生活，我的姐妹》，进一步奠定了他作为一个杰出诗人的地位。1957 年在国外发表长篇小说《日瓦戈医生》，表现出对十月革命历史独特的个人审视，为此受到严厉批判。1958 年，帕斯捷尔纳克因为《日瓦戈医生》获得诺贝尔文学奖，迫于国内的巨大压力，他不得不拒绝接受这项奖金。他的最后一本诗集《到天晴时》在他因患癌症逝世前出版。

表白

［俄罗斯］扎波洛茨基 / 吴迪 译

你被迷惑，你被枉吻，

你与劲风在田野举行婚礼，

你整个儿好像带上了镣铐，

你呀，是我最珍贵的女人！

既不欣喜，也不悲哀，

仿佛是从黑天上刚走下来，

你是我的订婚的乐曲，

也是我的发疯的星星。

我俯身向着你的双膝，

用狂暴的力量把它们拥抱，

并用一行行热泪一首首诗歌，

亲人啊，把你弄得火烧火燎。

为我打开午夜的脸蛋吧，

让我跨进这沉重的眼睛，

熟悉这一对东方式的乌眉，

还有你这双半裸的纤手。

增多的东西——不会减少，

没有实现的东西——将被忘却……

美人儿，你为何哭泣？

要么这仅仅是我的感觉？

尼古拉·阿列克谢耶维奇·扎波洛茨基 (1903—1958)

俄罗斯诗人。主要作品有《圆柱》和长诗《农业的胜利》等。

致丽卡

[俄罗斯] 列昂尼德·利沃维奇·阿龙宗 / 晴朗李寒 译

请把这个夜晚珍藏在自己胸间，

瑟缩于冬天的室内，走进去，如同落入水里，

你全身——是河流低沉喧嚷，

你全身——是冰块沙沙作响，

你全身——是我压抑的高呼与空气。

冬夜与寒风。拍打着街灯，

犹如冰僵的手指敲击着玻璃，

这些———切都记得烂熟，

这些———切要记得糊里糊涂

你还要重新变得一无所知。

阴影重现于河流，河流发出微弱的簌簌声，

冰块们在边缘处破碎，

你——是冰块的新生，

你——是没有呼出的呐喊，

哦河流，你像天鹅从容不迫地飞行。

请珍藏好这个夜晚，这北方与寒冰，
它们捶打着手掌，如同舞蹈，
你全身——是河流的呼喊，是空阔的
白色奇迹之间的蓝色转弯。

为这场雪我要感谢你

［俄罗斯］列昂尼德·利沃维奇·阿龙宗 / 晴朗李寒 译

为这场雪我要感谢你，

感谢你雪上的阳光，

我要感谢你，因为

你献给我整个世纪。

我的面前不是灌木，而是教堂，

你的灌木的教堂位于大雪之间，

在雪里，即使依偎在你的腿旁，

我也不能成为幸福的人。

美人，女神，我的天使

［俄罗斯］列昂尼德·利沃维奇·阿龙宗 / 晴朗李寒 译

美人，女神，我的天使，

你是我全部沉思的源泉与河口，

夏天你是我的溪流，冬季你是我的火焰，

我幸福是因为，我没有死于

那个春天来临之际，当你用突然的美丽

出现在我的眼前。

我知道你是荡妇与圣女，

我爱那一切，我了解你的一切。

我想生活不是在明天，而是昨天，

为了让时间，为你我保留，

生活退却到了我们的开端，

而岁月还足够，可以再拐一次弯。

既然我们还要向前生活，

而未来——是荒僻的沙漠，

你——是其中的绿洲，你把我拯救，

我的美人，我的女神。

列昂尼德·利沃维奇·阿龙宗 (1939—1970)

俄罗斯诗人。有将近五年的时间在夜校里教授俄罗斯语言与文学。自 1966 年起创作科普电影剧本。如果为孩子们写的一些诗歌不计算在内的话，生前几乎没有公开发表过作品。曾参与地下文学刊物《丁香》的编辑出版，诗歌作品多在地下文学刊物发表。1970 年赴中亚旅行期间自杀身亡。自二十世纪八十年代，由弗拉基米尔·艾尔利整理出版了他的诗选集后，才又引起文学界的重视。被认为是苏联二战后六十年代最杰出的俄罗斯诗人之一。

[俄罗斯] 鲍里斯·鲍里索维奇·雷日伊 / 晴朗李寒 译

我睡觉的时候，到处下了雪

它从空中飘落，洁白，微微泛青，

甚至生性严厉的人也走出门来

手中拿着自制的铁锹

他吵醒了我。而雪没有把我

叫醒，它悄悄地飘落。

我在中午时醒来，

隔壁传来一个小孩的哭声。

很久以前我也曾冒雪走到街上

不戴帽子不穿大衣，步行跑到

车站，为可爱女友兔子模样的打扮

我快活得要死——

我们走着回到我的住处，到处白雪覆盖，

可院子里一片空旷，整个世界只有我们二人

我和她，那时

我吻了她，一对激动的孩子，

我们四面顾盼，我偷偷地，她

很大方。如今我的忧伤在哪里，

我的不安在哪里？站在窗户前，

我听到哭声，望着落雪，勉强想

跑一跑多好，但没有热情。

（雪有些发青，像洗涤过的床单）

丢掉铁锹，人呀，哭吧，

我的男孩或女孩，我的男孩。

这就是黑色

[俄罗斯] 鲍里斯·鲍里索维奇·雷日伊 / 晴朗李寒 译

这个城市让我爱得发狂——

在这里我原谅了自己，并且爱上了你。

整个夜晚我们散步，而在清晨

起了大雾。我多么想拥抱你，

可手臂仿佛不能抬起。

真的，它们就好像没有一样。

这些街道、桥梁

好像突然间融化。城市，我和你

混合在一起，成为了蒸汽，蒸汽。

于是，白云替代语言

从我的口中飘起，我的话语轻盈，

不是充满幸福，就是充满噩梦。

你看这粉红色——是我想要你，

你看这蓝色——你看，是我躺在这里。

你看这蔚蓝色 ——是我和你一起飞翔

快点，飞向那里，没有一个人影的地方。

喏，除了幸福本身，

数一数，我们说，大约二百年。

你看这粉红色——是我爱你，

你看这蓝色——是我乞求你，

爱我吧，即便这是痛苦，痛苦

你看这黑色的，又是黑色的——

不，我不知道，自己想说什么。

总之，我的朋友，请不要把我抛弃。

[俄罗斯] 鲍里斯·鲍里索维奇·雷日伊 / 晴朗李寒 译

你告诉我，雾气在悄悄升起。

我回答：我不相信骗局。

那个城市——灰暗、无情——兀自

耸入陌生的天空。

我与你在天上。我们在天上，朋友。

我吸着气对你说：上帝。

你不知看着哪里，你寻找着细节。

但上帝面前我们是清白的。

你看着，你找寻着带翼的天使。

可是，我的朋友，周围一片苍白。

你用睫毛感觉——天越来越亮——

触及抖动的翅膀。

我和你住在一个可怕的星球——

站在黑色的灰烬之上。

我们哭泣着，花朵冒出来。

可我们已经死了，朋友。

不过，我还是牵着你的手，

况且，我爱过了，为爱痛苦过了。

这里只有天空和天空——没有恐惧，没有伤痕。

而你打断我说：起雾了。

但是，我的朋友，我感觉到面颊上的疼痛。

手上残留着血渍。

那个痛苦天使，就像是用锋利的玻璃，

刺穿了我的翅膀。

鲍里斯·鲍里索维奇·雷
日伊 (1974—2001)

俄罗斯诗人。1994年，雷日伊的诗歌处女作发表
于《乌拉尔》杂志，随后几年间出版了诗集《爱情》《一
切都是这样……》。2000年，诗集《一切都是这样……》
获得圣彼得堡"北方的巴尔米拉"图书奖。2000年6
月受邀参加了在荷兰鹿特丹举行的"2000—国际诗歌
节"。2001年5月6日，雷日伊自缢身亡，年仅26岁。
鲍里斯·雷日伊一生创作了大约一千三百多首诗歌，
其中公开发表的只有二百五十首，时至今日，他的诗
歌作品由其遗孀伊琳娜·科尼亚泽娃整理后陆续发表。

犹疑

[波兰] 密茨凯维奇 / 林洪亮 译

未见你时，我不悲伤，更不叹息，

见到你时，也不失掉我的理智，

但在长久的日月里不再见你，

我的心灵就像有什么丧失，

我在怀念的心绪中自问：

这是友谊呢，还是爱情？

当你从我的眼中消失的时候，

你的倩影并不映上我的心头，

然而我感到了不止一次，

它永远占据着我的记忆，

这时候，我又向自己提问：

这是友谊呢，还是爱情？

无限的烦扰笼罩我的心灵，

我却不愿对你将真情说明，

我毫无目的地到处行走，

但每次都出现在你门口，

这时候，脑子里又回旋着疑问：

这是为什么？友谊，还是爱情？

为了使你幸福，我不吝惜一切，

为了你，我愿跨进万恶的地狱，

我的纯洁的心没有其他希望。

只为了你的幸福和安康，

啊，在这时候，我又自问：

这是友谊呢，还是爱情？

当你的纤手放在我的掌中，

一种甜美的感觉使我激动，

像在缥缈的梦中结束了一生，

别的袭击却又将我的心唤醒，

它大声地向着我发问：

这是友谊呢，还是爱情？

当我为你编写这一首歌曲，

预知的神灵没有封住我的嘴，

我自己也不明白：这多么稀奇，

哪儿来的灵感、思想和音节？

最后，我也写下了我的疑问：

什么使我激动？友谊，还是爱情？

亚当·密茨凯维奇 (1798—1855)

波兰十九世纪最伟大的诗人。主要作品有诗剧《先
人祭》、叙事诗《格拉蒂娜》《塔杜什先生》。作品中贯
穿着争取祖国解放的理想。他的诗为积极浪漫主义奠
定了基础。

我愿意是急流……

[匈牙利] 裴多菲 / 孙用 译

我愿意是急流，

山里的小河，

在崎岖的路上、

岩石上经过……

只要我的爱人

是一条小鱼，

在我的浪花中

快乐地游来游去。

我愿意是荒林，

在河流的两岸，

对 一阵阵的狂风……

勇敢地作战……

只要我的爱人

是一只小鸟，

在我的稠密的

树枝间做窠，鸣叫。

我愿意是废墟，

在陡峭的山岩上，

这静默的毁灭

并不使我懊丧……

只要我的爱人

是青青的常春藤，

沿着我荒凉的额，

亲密地攀缘上升。

我愿意是草屋，

在深深的山谷底，

草屋的顶上

饱受风雨的打击……

只要我的爱人

是可爱的火焰，

在我的炉子里，

愉快地缓缓闪现。

我愿意是云朵，

是灰色的破旗，

在广漠的空中，

懒懒地飘来荡去，

只要我的爱人

是珊瑚似的夕阳，

傍着我苍白的脸，

显出鲜艳的辉煌。

裴多菲·山陀尔 (1823—1849)

十九世纪匈牙利最伟大的诗人。一生写了八百多首短诗和八首长篇叙事诗。格言诗《自由与爱情》是诗人走向革命的里程碑。著名长诗有《亚诺什勇士》《使徒》等。其作品对匈牙利文学的发展影响很大。

［匈牙利］伊耶什·久拉／高兴 译

抚摩你年轻的身体，

我的手便在

抚摩世界，

抚摩大地，

抚摩宇宙万物。

空中，瘢痕点点的月亮

银河中的撒哈拉，

似乎不再遥远，

也不再用冷漠

回答我双臂的召唤。

重重忧虑已无法把我缠绕，

只是因为，纵然绝望，

我也拥有神圣的尺度——

我的预感逾越一切，

跨过冰冷的地域，

抵达心灵难以企及的远方——

我还将建造一座房，

充满女性的气息，

比星辰更为长久的光

将洒在它的床头和窗前。

伊耶什·久拉 (1902—1983)

匈牙利当代具有代表意义的抒情诗人。他巧妙地将民歌传统和欧洲现代抒情诗表现手法融为一体，创造出一种崭新的现实主义诗体。主要作品有《沉重的土地》《废墟上的秩序》等。

你必须交出

[匈牙利] 托尔纳伊·尤若夫 / 高兴 译

你必须交出你的爱

当他们把她带走的时候

你必须交出

从头到足

连同她的呼吸

她的肤色

她的顾盼

她的深藏的思想

连同她穿衣和脱衣的神态

她的欢乐的闪现

她的抚摸

连同她被抚摸的身体

她对远方的向往

她深夜里的展现

连同她的疲倦

她那埃及式的大眼

和涂得黑黑的睫毛

连同她的喃喃絮语

她那腰肢的扭动

连同她的失望

她情感的波动

连同她亚洲型的容貌

连同她已知的

精确的生存

你必须交出

托尔纳伊·尤若夫 (1927—)

　　匈牙利诗人和翻译家。他的诗作受古风诗和民间诗的影响较深，也在很大程度上受到西方先锋派的冲击。主要诗集有《太阳舞》等。

恋歌

[捷克] 弗拉迪米尔·霍朗 / 杨乐云 译

在意志的地平线上，我要

扭转你的目光，去注视

空灵的画面于群山之中，

那里的浓荫会使你步履轻松。

我要扑灭你脚上的光彩在山岩上，

让你的足音在深渊悄然入梦，

我将收下你，像收下我的一个丢失，

仿佛我想拥有世上的一切。

当你的眼睑发暗，也许是因为困乏，

我将点燃双手

把你奉献，像献出我的一个发现，

仿佛上帝正一无所有。

她问你……

[捷克]弗拉迪米尔·霍朗 / 杨乐云 译

一个年轻的姑娘问你：什么是诗？

你想对她说：诗，也可以说是当你，

哦，是的，也可以说是当你

心里又是慌乱又是惊喜，

说明眼前出现了奇迹，

你丰满的美使我痛苦，使我嫉妒，

而我不能吻你，不能和你同寝，

我两手空空，一个拿不出献礼的人

便只有歌唱……

可是这番话你没有对她说出，你默默无言，

于是这支歌儿她没有听见……

弗拉迪米尔·霍朗 (1905—1980)

捷克诗人。他长期住在布拉格的康巴岛上，离群索居，思考生死、存在、爱情、时间和道德等重大问题。他的诗歌告诉人们：诗歌其实就是诗人的自言自语。主要诗集有《死的胜利》《云路》等。

对话

[捷克] 雅罗斯拉夫·塞弗尔特 / 星灿　劳白 译

你吻了我的额头还是嘴唇，

我不知道，

我只听到了一个甜美的声音，

浓密的漆黑

笼罩住惊骇睫毛的诧异。

我匆匆吻了你的额头，

只因你呼出的芳香

使我陶醉。

可是我不知道。

我也只听到一个甜美的声音，

浓密的漆黑

笼罩住了惊骇睫毛的诧异，

你呢，吻了我的额头还是嘴唇？

雅罗斯拉夫·塞弗尔特 (1901—1986)

捷克诗人。主要作品有诗集《泪城》《披着光明》《祷钟》，回忆录《世界美如斯》等。1984年获诺贝尔文学奖。

用粉笔画成的圆圈

［斯洛伐克］卢波米尔·费尔代克 / 华如君 译

用粉笔画个圆圈，

把我们两人圈在里边。

当我首先跳出圆圈

飞向南方，

圆圈就留下给你

当作一份赠礼。

好像留下一个镜框，

装有你俊俏的脸庞。

还有夏日，秋色，

寒冬和春光。

卢波米尔·费尔代克 (1936—)

　　斯洛伐克诗人。主要诗集有《为你的蓝眼睛写的一出戏》《月球上的斯洛伐克人》等。

[德] 歌德 / 冯至 译

任凭你在千种形式里隐身,

可是,最亲爱的,我立即认识你;

任凭你蒙上魔术的纱巾,

最在眼前的,我立即认识你。

看扁柏最纯洁的青春的耸立,

最身材窈窕的,我立即认识你;

看河渠明澈波纹涟漪,

最妩媚的,我能够认识你。

若是喷泉高高地喷射四散,

最善于嬉戏的,我多么快乐认识你!

若是云彩的形体千变万幻,

最多种多样的,在那里我认识你。

看花纱蒙盖的草原地毯,

最星光灿烂的，我美好地认识你；

千条枝蔓的缠藤向四周伸展，

啊，拥抱这一切的，这里我认识你。

若是在山上晨曦明耀，

愉悦一切的，我立即认识你；

于是晴朗的天空把大地笼罩，

最开阔心胸的，我就呼吸你。

我外在和内在的感性所认识的，

你感化一切的，我认识都由于你；

若是我呼唤真主的一百个圣名，

每个圣名都响应一个名称为了你。

约翰·沃尔夫冈·歌德 (1749—1832)

德国伟大的诗人、小说家和剧作家。德国狂飙运动的主要代表。主要作品有诗剧《浮士德》、小说《少年维特的烦恼》和大量抒情诗和叙事诗等。

星星们动也不动……

［德］海涅／冯至 译

星星们动也不动，

高高地悬在天空，

千万年彼此相望，

怀着爱情的苦痛。

它们说着一种语言，

这样丰富，这样美丽；

却没有一个语言学者

能了解这种语言。

但是我学会了它，

我永久不会遗忘；

供我使用的语法，

是我爱人的面庞。

亨利希·海涅 (1797—1856)

十九世纪德国伟大诗人、政治家和思想家，德国革命民主主义者的主要代表，著名诗作有《诗歌集》《德国——一个冬天的童话》等。他的诗作被译成多种文字，许多诗已由著名音乐家谱成歌曲。

回忆玛丽·安

[德]布莱希特 / 黄灿然 译

那是蓝色九月的一天，

我在一株李树的细长阴影下

静静搂着她，我的情人是这样

苍白和沉默，仿佛一个不逝的梦。

在我们头上，在夏天明亮的空中，

有一朵云，我的双眼久久凝望它，

它很白，很高，离我们很远，

当我抬起头，发现它不见了。

自那天以后，很多月亮

悄悄移过天空，落下去。

那些李树大概被砍去当柴烧了，

而如果你问，那场恋爱怎么了？

我必须承认，我真的记不起来，

然而我知道你企图说什么。

她的脸是什么样子我已不清楚，

我只知道: 那天我吻了它。

至于那个吻, 我早已忘记,

但是那朵在空中漂浮的云

我却依然记得, 永不会忘记,

它很白, 在很高的空中移动。

那些李树可能还在开花,

那个女人可能生了第七个孩子,

然而那朵云只出现了几分钟,

当我抬头, 它已不知去向。

贝托尔特·布莱希特 (1898—1956)

出生于奥格斯堡。纳粹上台时, 他离开德国, 后移居美国, 直到战后才返回欧洲, 并创办柏林剧团, 余生主要导演自己的戏剧。布莱希特是一位诗歌成就不下于里尔克的二十世纪德国大诗人, 但他生前主要以戏剧著名, 死后诗歌地位才愈益凸显, 与英国小说家兼诗人哈代有颇多相似之处。不同的是, 哈代是结束了小说写作后才写诗, 而布莱希特则是在从事戏剧活动之余坚持写诗。

发卡

[德] 汉斯·马格努斯·恩岑斯贝格 / 贺骥 译

您真迷人。您具有飘逸之美。

您是雪地里和车站上的一道风景线，

清晨您悉心打扮，欲与

群芳争艳。您不是跛足女，

而是不愿俯身拾取雪地上硬币的

贵妇，您善于掩饰缺陷，和我一样

不可救药。您的发卡光彩熠熠，

闪光的玳瑁。只是缺了

几根齿。——啊，赞赏，

奉承话谁都会说。——请原谅，

我指的是人所不欲之事，

是被您忽视的生命进程：

缓慢生长的趾甲，华发，

湿润而渐老的皮肤；细流，

烦躁的分泌物，短暂易逝

一如您的灵魂，笨拙、软弱、

被药片蛀空的心灵，豌豆般的心

迷失于胸腔之中。对，这是自然规律，

日月逝矣，我将离世。我明白。

我无话可说。就是。您继续哭吧。

您的发卡！——什么？——您的发卡

掉了。掉在了先前还有雪的

石子路上，神秘

而平凡。待会它会被踩坏的。

人人都会说这是必然的。

我实话实说。我看见它

在太阳下闪光。您不必听我的话。

我的言词不会弯腰。它的功用

并非拾遗。它的存在

如优昙。人人都会口占。

小美人

［德］汉斯·马格努斯·恩岑斯贝格 / 贺骥 译

噢很早就已破贞，

骄傲的丽人有两个粉红色乳头，

两条匀称的美腿

其间一个风流穴喜欢被人探访——

悦目，自信，

但如果你只凭

丽质冶容，我的宝贝，

我会为你担心。

中断的学业，

骑重型摩托车的男友

头脑有点不正常，

社会救济管理局褐色的走廊

第二次堕胎后服用

深绿色药片：

可惜，太可惜了。

在三十年战争^①中

你也许能成功。

---

① 三十年战争，1618—1648 年在欧洲以德意志为主战场的国际性战争，战争以德意志新教诸侯、丹麦、瑞典、法国获胜和德意志天主教诸侯以及西班牙失败而告终。

爱情的挽歌

[德] 汉斯·马格努斯·恩岑斯贝格 / 贺骥 译

长毛的符号

在厕所的墙上

谁能猜出

歌曲泪水

情欲的暴雨

性爱的一千零一夜

人的性欲

如海水发光 ①

渐渐耗散

记住

和遗忘

在此为产物

和非产物

---

① 海水发光 (Meerleuchten)，指夜里由微小的海洋生物发荧光而引起的海水闪光，又名"海火现象"。

作证的只有

这些毛茸茸的文字

刻在

碳化的厕墙

汉斯·马格努斯·恩岑
斯贝格(1929——)

　　是当代德国著名诗人、散文家、小说家、剧作家、翻译家、出版家和政治评论家。著有《豺狼的辩护词》等十五部诗集,《无政府的短暂夏季》等长篇小说和中短篇小说。曾荣获德国最高文学奖——毕希纳奖(1963)。他是一位介入现实的、博学的诗人,其诗歌体现了技巧与倾向的结合以及诗艺与科学知识的联姻。语言的陌生化、庞德式的语言制作手法以及讽刺是其诗歌的主要特征。

爱的歌曲

[奥地利] 里尔克 / 冯至 译

我怎么能制止我的灵魂，让它

不向你的灵魂接触？我怎能让它

越过你向着其他的事物？

啊，我多么愿意把它安放

在阴暗的任何一个遗忘处，

在一个生疏的寂静的地方，

那里不再波动，如果你的深心波动。

可是一切啊，凡是触动你的和我的，

好像拉琴弓把我们拉在一起，

从两根弦里发出"一个"声响。

我们被拉在什么样的乐器上？

什么样的琴手把我们握在手里？

啊，甜美的歌曲。

勒内·马利亚·里尔克 (1875—1926)

奥地利现代著名诗人。他长期以一个沉思的形象
驰名于西方诗坛。

花冠 *

[奥地利] 保罗·策兰 / 王家新 译

秋天从我手里吃它的叶子：我们是朋友。

从坚果里我们剥出时间并教它走路：

而时间回到壳中。

在镜中是礼拜日，

在梦中被催眠，

嘴说出真实。

我的眼移落在我爱人的性上：

我们互看，

我们交换黑暗的词，

我们互爱如罂粟与记忆，

我们睡去像酒在螺壳里

像海，在月亮血的光线中。

---

* 策兰曾把这首诗寄给巴赫曼，作为给巴赫曼的生日礼物。

我们在窗边拥抱，人们在街上望我们，

是时候了他们知道！

是石头竭力开花的时候，

是心脏躁动不安的时候，

是时候了，它要成为时间。

是时候了。

科隆，王宫街 *

[奥地利]保罗·策兰 / 王家新 译

心的时间，梦者

为午夜密码

而站立。

有人在寂静中低语，有人沉默，

有人走着自己的路。

流放与消失

都曾经在家。

你大教堂。

你不可见的大教堂，

你不曾被听到的河流，

你深入在我们之内的钟。

---

* 1957 年 10 月 14 日，策兰和巴赫曼在一次文学会上重逢，当晚住在临近科隆大教堂和苗河的王宫街一家旅馆，该街区在中世纪为犹太人居住地。在中世纪发生的一场大瘟疫中，科隆的犹太人曾作为祸因惨遭屠杀。策兰写出这首诗后，曾寄给巴赫曼。

白
与
轻

[奥地利] 保罗·策兰 / 王家新 译

镰刀形的沙丘，未曾数过。

风影①中，千重的你。

你和我的

赤裸着伸向你的胳膊，

那失去的。

光柱，把我们吹打到一起。

我们忍受着这明亮、疼痛和名字。

白色

移动着我们，

无须重量

我们用来交换。

---

① "风影"出自海德格尔。海德格尔认为后来的哲学家都不过是苏格拉底留下的风的影子。策兰写出这首诗后，曾寄给研究过海德格尔哲学的巴赫曼。

白和轻：

让它漂移。

距离，月一样临近，像我们。它们筑积。

它们筑起礁石

在漂流的断隙处，

它们继续

筑积：

用光屑和溅成飞沫的波浪。

那召唤礁石的漂移。

那额壁

唤它移近，

这些别人借给我们的额壁

要成为镜像。

额壁。

我们和它们铺陈而去。

向着额壁的岸。

你睡着了吗？

睡吧。

海洋的石磨转动，

冰光和那未听到的，

在我们的眼中。

保罗·策兰 (1920—1970)

奥地利诗人，生于罗马尼亚。由于犹太人身份，他在二战中受尽折磨。父母都惨死于集中营。因此，他的许多诗歌都有恐怖和死亡的阴影，其中《死亡赋格曲》最具代表性。主要诗集有《从开端到开端》《最后的诗篇》等。

既然是铁石，大地，无边的海洋

[英] 威廉·莎士比亚 / 卞之琳 译

既然是铁石，大地，无边的海洋，

尽管坚强也不抵无常一霸，

美貌又怎能控诉他这种猖狂，

论力量自己还只抵一朵娇花？

啊，夏天的芬芳怎能抵得了

猛冲的光阴摧枯拉朽的围攻，

既然是尽管顽强的石壁有多牢，

铁门有多硬，也会给时间烂通？

可怕的想法啊！时间的瑰宝，唉，

要藏到哪里才免进时间的无底柜？

哪只手才能拖住他飞毛腿跑不来？

谁能拦阻他把美貌一下子摧毁？

谁也不能，除非有法宝通灵：

我的爱能在墨痕里永放光明。

当初只有我一个人
请求你帮助

[英]威廉·莎士比亚 / 卞之琳 译

当初只有我一个人请求你帮助，

也只有我的诗有你全部的风韵；

现在我清新的诗句已经是陈腐，

我的病诗神把交椅让给了别人。

我承认，心爱的，你这个可爱的题目

值得更好的大手笔苦费心机；

可是诗人给你创造了什么

都是他从你抢去的，他是偿还你。

他给你美德，本是他从你的品行

偷去了这个名词；他给你美丽，

本是他从你脸上找到的：他只能

对你赞美活在你身上的东西。

那么用不着感谢他说了什么话，

他归之于你的，确是你给了他。

可否把你比作夏季的一日

[英] 威廉·莎士比亚 / 傅浩 译

可否把你比作夏季的一日？
你竟是更加明媚更加温和。
阵风粗暴摇撼五月的娇蕾，
夏季的租期拥有时日无多。
苍天之眼有时照耀得过热，
他那金面常常被浮云遮暗；
各种美物终将褪去了美色，
由于偶然或者是自然变幻。
但是你的夏天将永恒不朽，
你的所有美色也毫无损失，
死神将不会说你受他庇佑，
当你在不朽诗句之中长生，
只要人会呼吸眼睛能看清，
只要此诗存活赋予你生命。

威廉 · 莎士比亚 (1564—1616)

　　英国文艺复兴时期最伟大的戏剧家、诗人。出生于小商人家庭，受过初等教育，当过剧院杂役、演员、导演。创作颇丰，现存剧本三十七部、长诗二首、十四行诗一百五十四首。其剧作对欧洲乃至世界文化的发展有重大影响。其十四行诗也以感情真挚高尚、想象瑰奇、造语精炼而代表着英国诗歌的一流水平。

给西丽雅

［英］琼逊 / 卞之琳 译

你就只用你的眼睛来给我干杯，

我就用我的眼睛来相酬；

或者就留下一个亲吻在杯边上

我就不会向杯里找酒。

从灵魂深处张开起来的渴嘴

着实想喝到美妙的一口；

可是哪怕由我尝天帝的琼浆，

要我换也不甘把你的放手。

我新近给你送上了一束玫瑰花，

与其说诚心拿来孝敬你，

不如说让它们有希望得到熏陶，

不会得枯槁以至于委地；

可是你只在花上呼吸了一下，

把它们送回到我的手里；

从此它们就开得叫我闻得到

（不是它们自己而是）你

本·琼逊 (1573—1637)

　　英国人文主义戏剧家、诗人、评论家。因写颂扬国王"业绩"的诗而被封为"桂冠诗人"。《给西丽雅》是他最著名的一首情诗。

致伊莱克特拉

[英]罗伯特·赫里克 / 傅浩 译

我不敢要求一个吻；

我不敢乞讨一个笑；

生怕获得了恩准，

我会一时间变骄傲。

不，不，我的愿望

充其量也只不过是

想亲亲那最近刚刚

亲过你嘴唇的空气。

爱我少些，爱我久些

[英] 罗伯特·赫里克 / 傅浩 译

你说，对于我，你的感情强烈；

求你，爱我少些，会爱我久些。

缓步行远：这法子最好。欲念

变狂躁，不是暴亡，就是厌倦。

罗伯特·赫里克 (1591—1674)

英国保王党派（一译骑士派）诗人。于剑桥大学毕业后任神职。既写宗教诗也写爱情诗，风格细腻典雅。诗作多达一千二百首，结集为《金苹果园》。有人认为他是十七世纪英国最优美抒情诗的作者。

致羞怯的女友

[英] 安德鲁·马韦尔 / 傅浩 译

只要是我们有足够的时空，

这羞怯，女人啊，就不算罪咎。

我们会坐下来，考虑到何处

去散步，且消磨恋爱的永昼。

你可以在印度恒河边找寻

红宝石；[①] 我会在亨伯河[②] 之滨

幽幽怨怨地吟诗。我情愿

爱你到大洪水暴发的十年前，

你可以拒绝，只要你乐意，

一直到犹太人也全都皈依。[③]

我的爱就好像植物般生长

比帝国长得更缓慢更宽广；

要花费一百年之久来赞美

---

① 据说红宝石有守护童贞之效。

② 亨伯河是流经马韦尔家乡赫尔的一条河。

③ 基督教传说，世界末日到来之前，将有大洪水大破坏，犹太人才皈依基督教。

你的眼，把你的额头凝视；

两百年来崇拜每一只乳房，

而要用三万年在其余地方；

每一个部分至少用一时代，

最后一时代应展现你心怀。

因为，女人啊，你应得这尊奉，

我也不情愿爱得失准绳。

可是在身后我总是听闻

时光的飞车正急急迫近；

而我们前方横亘的全是

广袤而永恒的沙漠戈壁。

你的美貌将无处可寻找；

你的墓穴里也不再萦绕

我歌声的余韵；蛆虫将尝试

那长久保存的童贞标志；

你高傲的^①节操将变成尘埃，

我的欲望也全都变死灰：

坟墓是精致而幽僻的地方，

---

① 原文"quaint"含有多义：优雅、精致、古怪、过时、过度细致、令
人厌恶等，亦与中古英语名词"queynte"（女阴）双关。

但无人在那里拥抱，我想。

所以现在，趁青春颜色

在你的皮肤上像朝露附着，

趁你情愿的灵魂从每处

毛孔随立燃的欲火喷出，

我们且行乐，趁我们还行，

现在，就好像发情的猛禽，

宁可一下子把时光吞掉，

也不要没胃口慢咽细嚼。

让我们把全身力气和满满

甜蜜抟揉成一粒弹丸，

用暴力裹挟着快乐阵阵

轰破生活的重重铁门：

就这样，我们虽无法让太阳

静立，但将会让它奔忙。

安德鲁·马韦尔 (1621—1678)

英国玄学派诗人，曾在克伦威尔统领下的共和国国会任拉丁文秘书弥尔顿的助手。

雅典的少女

[英] 乔治·戈登·拜伦 / 梁真 译

你是我的生命，我爱你。

一

雅典的少女啊，在我们分别前，

把我的心，把我的心交还！

或者，既然它已经和我脱离，

留着它吧，把其余的也拿去！

请听一句我别前的誓语，

你是我的生命，我爱你。

二

我要凭那松开的鬈发，

每阵爱琴海的风都追逐着它，

我要凭那长睫毛的眼睛，

---

* 这首诗曾被谱成六七种乐曲，是拜伦短诗中流传颇广的一首。拜伦旅居雅典时，住在一个名叫欧杜拉·马珂里的寡妇家里，她有三个女儿，长女特瑞莎即"雅典的少女"。

睫毛直吻着你颊上的桃红，

我要凭那野鹿似的眼睛誓语，

你是我的生命，我爱你。

三

还有我久欲一尝的红唇，

还有那轻盈紧束的腰身，

我要凭这些定情的鲜花^①，

它们胜过一切言语的表达，

我要说，凭爱情的一串悲喜，

你是我的生命，我爱你。

四

雅典的少女啊，我们分了手；

想着我吧，当你孤独的时候。

虽然我向着伊斯坦堡^②驰奔，

雅典却抓住我的心和灵魂：

———

① 在希腊，少女以赠物传达心中的话。如送情人一块煤渣，即表示"我为你燃烧了"。如送以发丝束起的鲜花，则表示"你带我走吧"。
② 即君士坦丁堡。

我能够不爱你吗？不会的！

你是我的生命，我爱你。

我俩分手的时节

［英］乔治·戈登·拜伦／傅浩 译

我俩分手的时节，

无语唯有泪，

因为将多年离别，

心儿已半碎，

你的脸苍白冰冷，

更冷你的吻；

那时候确已注定

今日的愁闷。

清晨寒凉的露水

落在我额头——

那仿佛是在预示

我此时感受。

你的誓言全落空，

名誉变轻浮；

---

* 此诗作于 1808 年，发表于 1816 年，或说创作并发表于 1815 年。待考。

听人提起你的名，

我也蒙羞辱。

他们当我面说你，

似丧钟传来；

我全身一阵战栗——

你曾多可爱！

他们不知我与你

彼此太相熟——

久久我为你惋惜，

沉痛说不出。

我们曾秘密相会——

默然我悲叹：

你的心可以忘记，

灵魂可欺骗。

假如多年讨去后，

我与你相遇，

我将怎样相问候？——

有泪但无语。

乔治·戈登·拜伦 (1788—1824)

英国浪漫主义重要诗人。出身贵族，由于天生跛足而性情孤僻、早熟，生活放荡不羁。在剑桥大学获文学硕士学位后，游历欧洲及小亚细亚各国，写出长诗《恰尔德·哈罗德游记》前两章，塑造了最初的"拜伦式英雄"——一个孤独厌世的"忧愁流浪者"形象，一举成名。后因私生活受到社会舆论的恶意诽谤而去国出走，旅居瑞士、意大利等国。在此期间完成了《恰尔德·哈罗德游记》，写出了哲理诗剧《曼弗雷德》，以及一系列悲剧和叙事长诗，并开始创作代表作《唐璜》。1823 年投笔从戎，支援希腊反抗土耳其统治的民族独立战争。翌年病逝。拜伦是他那个时代在世时便在欧洲大陆赢得广泛声誉的唯一的英国诗人。在整个十九世纪里，他一直被公认为最伟大的浪漫主义诗人。他的影响，尤其是他所创造的"拜伦式英雄"原型的影响，遍及欧美大陆，在十九世纪西方思想史和文化史上留下了明显的痕迹。

给——

[英] 珀西·比希·雪莱 / 查良铮 译

一

温柔的少女，我怕你的吻，

你却无须害怕我的；

我的心已负载得够阴沉，

不致再给你以忧郁。

二

我怕你的风度、举止、声音，

你却无须害怕我的；

这颗心以真诚对你的心，

它只纯洁地膜拜你。

给——

[英]珀西·比希·雪莱 / 查良铮 译

音乐，虽然消失了柔声，

却仍旧在记忆里颤动——

芬芳，虽然早谢了紫罗兰，

却留存在它所刺激的感官。

玫瑰叶子，虽然花儿死去，

还能在爱人的床头堆积；

同样的，等你去了，你的思想

和爱情，会依然睡在世上。

有赠*

[英]珀西·比希·雪莱 / 傅浩 译

柔婉的歌声虽消逝，

余音，回荡在记忆。

香堇菜① 花儿虽枯干，

气味，存活于感官。

玫瑰花死了，花瓣

堆起给爱人当床垫——

你去了，爱情必将

独自长眠在相思上。

---

* 此诗作于 1821 年，发表于 1824 年，是在一笔记本上发现的未完成稿，据说是为意大利贵族少女特丽莎（艾米莉娅）·维维亚尼而作的。其父为比萨总督，将该女关入修道院，逼其嫁人，禁其与诗人交往。原文标题的破折号代表隐去的人名，故译为《有赠》。

① 香堇菜，多年生草本植物，有香气，可入药，花语为思念。

珀西·比希·雪莱 (1792—1822)

英国浪漫主义诗人。1818 年因迫于社会压力而离开英国，侨居意大利。四年后死于海难。抒情诗剧《解放了的普罗米修斯》创造性地再现了古希腊神话英雄不畏迫害，为人类窃取天火的故事，表达社会变革和人性升华的理想观念，被公认为浪漫主义文学的代表作之一。此外，悲剧《钦契》、抒情诗《西风颂》等也是英语文学中的不朽杰作。

明星*

[英] 约翰·济慈 / 傅浩 译

明星啊，但愿我像你一样恒定——

不是要高悬夜空，孤寂而辉煌，

像自然世界的隐士，不眠、坚忍，

大睁着永不闭合的眼睛，凝望

涌动的河流忙于教士般的工作——

在地上有人的沿岸巡回施洗礼，

或注视那漫天飘洒的新雪降落，

像柔软的面罩披上山野和沼地——

不——而是要永远地坚定，不移，

枕着我美丽爱人正成熟的酥胸，

永久感受那轻柔的一伏、一起，

---

* 此诗是在一本莎士比亚诗集的空白页上发现的，一般认为是1820年济慈赴意大利疗养途中所作绝笔。但后来经人考证，当写成于1819年。1848年首次发表。"明星"一说指北极星。1818年在湖区旅游时，济慈曾说荒凉的景色"把人的视觉磨炼成北极星一般，以至能够永不闭合，恒定不移地盯着大造化的奇迹。"这一想法后来即发展成这首诗。一说指金星。济慈在1819年7月25日致未婚妻芳妮·布劳恩的信中写道："今夜我要把你想象成维纳斯，像异教徒那样向你的星祈祷，祈祷，祈祷。"维纳斯是古罗马神话中的爱与美之女神，我国所谓太白金星在西方即以维纳斯命名。

在一种甜蜜的不安中永久清醒，

永远、永远倾听她柔和的呼吸，

就这样活下去——否则宁可昏死。

约翰·济慈 (1795—1821)

英国浪漫主义重要诗人。出身贫寒，为生计所迫
中途辍学，做过医生助手。其作品绚美细腻，感官效
果强烈，常常表达对人类痛苦的敏感和洞察，以及对
正义、自由和爱情的热烈追求等崇高主题。代表作有《秋
颂》《忧郁颂》《希腊古瓮颂》《圣亚尼节的前夕》等。

假如我被爱的抚摸撩得心醉 *

[英] 狄兰·托马斯 / 海岸 译

假如我被爱的抚摸撩得心醉，

偷我到她身旁的骗子女郎，

就会穿过她的草窟，扯掉我绷带的约束，

假如红色的撩拨，像母牛产仔般

依然从我的肺中挠出一串欢笑，

我就不畏苹果，不惧洪流，

更不怕败血的春天。

男孩还是女孩？细胞问，

从肉身扔下一团梅子样的火。

假如我被孵化的毛发撩得心醉，

翼骨在脚后跟一阵阵发芽，

婴儿的腿窝挠得人发痒，

我就不畏绞架，不惧刀斧，

更不怕战火下交错的刀剑。

---

* 诗人笔记本标明这首诗写于 1934 年 4 月 30 日，8 月发表于《新诗》。

男孩还是女孩？手指间，

在墙上涂画绿衣少女和她的男人。

假如我被顽皮的饥渴撩得心醉，

预演的热流窜过神经元的边沿，

我就不畏爱的侵入，

不惧耻骨区的魔头，

更不怕直言不讳的坟墓。

假如我被恋人的抚爱撩得心醉，

却又抹不平额上乌鸦的足迹，

抹不去患病老人颌下的垂锁，

时光、螃蟹和情人的温床就会

留给我寒冷，如同黄油留给飞蝇，

沉渣浮动的大海就会淹没我，

海浪拍打爱人沉尸的脚趾。

这个世界半属魔鬼，半属我身，

愚蠢的女孩疯狂地吸毒

烟雾缠绕她眼上交错的花蕾。

老人的胫骨流动着与我相同的骨髓，

鲱鱼的气息弥漫整个大海，

我坐看指甲下的蠕虫

迅即消逝无踪。

这就是抚爱，撩人心醉的抚爱。

从湿润的爱的私处到护士的扭动

一脸疙瘩的莽汉摇曳一身的情欲

却永远无法撩拨午夜吃吃的笑语，

即便他发现了美，从恋人、母亲

和情人的乳房上，或从他

风尘撩动的六尺身躯。

抚爱是什么？是死亡的羽叶撩动着神经？

是你的嘴、我的爱亲吻中开放的蓟花？

是我的基督杰克毛茸茸地诞生在枝头？

死亡的话语比他的僵尸更为干枯，

我喋喋不休的伤口印着你的毛发。

我愿被爱的抚摸撩得心醉，即

男人就是我的隐喻。

当初恋从狂热趋于烦扰 *

[英]狄兰·托马斯 / 海岸 译

当初恋从狂热趋于烦扰，当子宫

从柔软的瞬秒趋于空洞的分钟，

当胎膜随着一把剪子打开，

系上绿围裙哺乳的时光降临，

垂悬的饥荒周围没有嘴舌在骚动，

整个世界风雨过后，一片虚无，

我的世界在一条乳白的溪流里受洗①。

大地和天空融为一处缥缈的山冈，

太阳和月亮洒下一样的白色光芒。

从赤足的第一行脚印，举起的手，

散乱的头发，

---

* 　诗人笔记本标明这首诗写于 1933 年 10 月 14—17 日，10 月 27—28 日发表于《准则》。

① 　洗礼，在基督教教义中代表加入基督教，洗去你洗礼前的罪恶。洗礼分为浸礼和点水礼，浸礼全身浸入水中，点水礼只在额头点一点。浸入水中受洗，象征与基督已同死；躺在水下，象征与基督同埋葬；水中站起，象征与基督同复活。

到首轮词语的非凡神奇，

从内心最初的秘密，预警的幽灵，

到第一次面对肉体时的默然惊愕，

太阳鲜红，月亮灰白，

大地和天空仿佛是两座山的相遇。

身体渐趋成熟，牙髓里长出牙齿，

骨骼在生长，神圣的腺体里

精液谣言般流窜，血液祝福心脏，

四面来风，始终如一地刮个不停，

我的耳朵闪耀声音的光芒，

我的眼睛呼唤光芒的声音。

成倍增加的沙子一片金黄，

每一粒金沙繁衍成生命的伙伴，

颂唱的房子呈现绿意。

母亲采摘的梅子慢慢地成熟，

男孩从母体的黑暗中降生，

在明亮的膝下日趋健壮，

结实匀称，善于腿脚的啼哭，

善于发出声音，如饥饿的声音，

渴望风和太阳的喧闹。

从肉体的首次变格

我牙牙学语，学会将思想扭曲成

脑海里冷酷的词语，

重新修饰并编排前人遗留的

片言只语，在月光消逝的大地，

他们无须言语的温暖。

舌根在消耗殆尽的癌变中消亡，

空留虚名，只为蛆虫留下印迹。

我学会表达意愿的动词，拥有自己的秘密；

夜晚的密码轻叩我的舌面；

聚为一体的心智发出响亮不绝的声响。

一个子宫，一种思想，喷涌自身的内涵，

一只乳房触发吮吸的狂热；

从分离的天空，我学会了双重的含义，

双重的世界旋转为一次积分；

万千思想吮吸同一朵花蕾

犹如刀叉在眼前绽放；

青春无比浓郁；春的泪水

在夏天和成百的季节里消融；

一个太阳，一种吗哪①，带来温暖和养分。

<hr>

① 吗哪，《圣经》中古代以色列人出埃及时四十年旷野生活中，神赐给他们的神奇食物。

在悲伤之前

［英］狄兰·托马斯 / 海岸 译

在悲伤之前

她是我拥抱的人，脂肪与花朵，

或是，地狱风与大海，流水的鞭击，

源自镰刀状的荆棘，

一根梗茎凝结，攀缘塔尖而上，

少男少女起身

或是麦芽酿制的维纳斯，越过涉水者的碗形

　　水域

启航驶向太阳；

谁是我的悲伤，

一只蝶蛹平俯于烙铁之上，

铅制的花蕾，为我的线人所振动，

射过枝叶绽放，

她是缠绕在亚伦魔杖①之上的

玫瑰撒向瘟疫，

号角和青蛙身上的水珠

在一侧垒窝。

她展身而卧，

仿佛出埃及记②，花园的一个篇章

她的戒指烙上百合③的愤怒，

她祖先留下的绳索，

宽恕的战争，历经岁月的拖拉，

原野和沙滩之上

十二级三角形的天使之风

雕刻而逝。

那她是谁，

---

① 亚伦魔杖，据《圣经》中"出埃及记"章节，亚伦魔杖能创造奇迹，
后化作蛇，能发芽，开出杏花并结果，是复活与重生的象征。
② "出埃及记"，是《圣经》旧约的第二章，主要讲述以色列人如何在
埃及受到迫害，然后由摩西带领离开埃及的故事。"出埃及记"中以十诫为
代表的摩西律法是犹太人的生活和信仰的准则，在基督教中具有很重要的
地位。
③ 据《圣经》记载，撒旦化成毒蛇，诱惑亚当和夏娃吃下禁果，犯下
人类的原罪。亚当和夏娃随之被逐出伊甸园，他们因悔恨而哭泣，悲伤
的泪水滴落在地面上，化成洁白的百合。

拥抱我的她是谁？人的海洋涌向她，

驱逐父亲离开独裁的营地；

有形的洞窟

用经久的水声塑造她的子孙，

我拥有她，

手垒的乡村墓穴围起了爱，

在天黑前升起。

夜色逼近，

硝的幽灵令她跃动，时间与酸；

我告诉她：在阳物点燃

她的骨头以前，

让她吸入她的尸体，透过种子和土地

汲取他们的大海，

所以她双手合十，眼中流露吉卜赛人①的忧郁，

拳头紧握。

---

① 吉卜赛人，自称为罗姆，原意为"人"，不同地域有不同的叫法，英国人称为吉卜赛人，法国人称为波希米亚人，西班牙人称为弗拉明戈人，俄罗斯人称为茨冈人，阿尔巴尼亚人称为埃弗吉特人，希腊人称为阿金加诺人，伊朗人称为罗里人，斯里兰卡人称为艾昆塔卡人。

狄兰·托马斯 (1914-1953)

二十世纪英美杰出诗人，生于英国南威尔士斯旺西。诗歌围绕生、欲、死三大主题，诗风粗犷而热烈，音韵充满活力而不失严谨，其肆意设置的密集意象相互撞击，相互制约，表现自然的生长力和人性的律动。著有《笔记本诗抄》(1930—1934)、《诗十八首》(1934)、《诗二十五首》(1936)、《爱的地图》(诗文集，1939)、《死亡与入口》(1946)、《梦中的乡村》(1952)及《诗集》(1934—1952)。他一生创造性地运用各种手段——"双关语、混成语、悖论、矛盾修辞法、引喻或譬喻的误用、俚语、辅音韵脚、断韵及词语的扭曲、回旋、捏造与创新"——以超现实主义的方式掀开英美诗歌史上新的篇章。

当你老了 *

［爱尔兰］威廉·巴特勒·叶芝 / 袁可嘉 译

当你老了，头白了，睡思昏沉，

炉火旁打盹，请取下这部诗歌，

慢慢读，回想你过去眼神的柔和，

回想它们昔日浓重的阴影；

多少人爱你青春欢畅的时辰，

爱慕你的美丽，假意或真心，

只有一个人爱你那朝圣者的灵魂，①

爱你衰老了的脸上痛苦的皱纹；

垂下头来，在红光闪耀的炉子旁，

凄然地轻轻诉说那爱情的消逝，

在头顶的山上它缓缓踱着步子，

在一群星星中间隐藏着脸庞。

---

* 1893 年为毛特·冈而作，她是爱尔兰自治运动中主要人物之一，曾是叶芝长期追求的对象。

① 毛特·冈热爱爱尔兰的独立事业，曾为之进行终生的斗争。

白鸟*

[爱尔兰] 威廉·巴特勒·叶芝 / 傅浩 译

我情愿我们是，亲爱的，浪花之上一双白鸟！

流星暗淡陨逝之前，我们已厌倦了那闪耀；

低悬在天空边缘，暮色里那颗蓝星的幽光①

唤醒了我们心中，亲爱的，一缕不死的忧伤。

倦意来自那些露湿的梦想者：玫瑰和百合；②

啊，别梦，亲爱的，飞逝而去的流星的闪烁，

或那低悬在露滴中滞留不去的蓝星的光辉：

因为我情愿我们化作浪花上的白鸟：我和你！

我心头萦绕无数的岛屿，妲娜居住的海滨，

在那里，时光会遗忘我们，悲伤也不再来临；

---

* 叶芝解释说："仙境的鸟像雪一样白。'妲娜居住的海滨'当然是'青春永驻之邦'，或仙境"（1892，《校刊本》799页）。妲娜，或妲奴，是古爱尔兰传说中的诸神之母。后来有学问的基督徒即用"妲娜之民"称呼爱尔兰早期居民。

① 蓝星，指金星，西方以爱神维纳斯之名称之。蓝色则是悲伤之色。

② 玫瑰，女性的象征；百合，男性的象征。

很快我们会远离玫瑰、百合和不祥的星相，

只要我们是双白鸟，亲爱的，出没在浪花上！

寒冷的天穹

[爱尔兰] 威廉·巴特勒·叶芝 / 王家新 译

突然我看见寒冷的、为乌鸦愉悦的天穹

那似乎是冰在焚烧，而又生出更多的冰，

而想象力和心脏都被驱赶得发了疯

以至这样或那样偶然的思绪都

突然不见了，只留下记忆，那理应过时的

伴着青春沸血，和早已被勾销的爱；

而我从所有情感和理智中承担起全部责备，

直到我哭喊着哆嗦着来回地摇动

被光穿透。啊！当鬼魂开始复活

死床的混乱结束，它是否被赤裸裸地

遣送到道路上，如书上所说，被上苍的

不公正所打击，作为惩罚？

---

*　该诗据说是叶芝闻讯毛特·冈与他人成婚，在精神上经受重创后所作。

W.B. 叶芝 (1865—1939)

爱尔兰诗人、剧作家。一生创作颇丰，其诗吸收浪漫主义、唯美主义、神秘主义、象征主义、玄学诗的精华，几度变革，最终熔炼出独特的风格。他的艺术探索道路被视为英诗主流从传统向现代过渡的缩影。同时代另一位大诗人托·斯·艾略特称他是"二十世纪英语世界最伟大的诗人"。代表作有诗集《苇间风》《碉楼》《旋梯》等。

1896 年，叶芝结识了剧作家奥古斯塔·格雷戈里夫人，并和她及其他作家、艺术家共同发起了"爱尔兰文艺复兴运动"。叶芝在这一时期创作出版有诗集《苇丛中的风》(1899)、《在那七片树林里》(1904)、《绿盔及其他》(1910)。1913 年，叶芝在伦敦结识了美国诗人埃兹拉·庞德，在创作上转向一种更坚实、敏锐的现代主义，这种风格上的变化和完成体现在诗集《责任》(1914)、《柯尔庄园的野天鹅》(1919) 中。1916 年爱尔兰复活节起义失败后，他写下了他的史诗般的作品《一九一六年复活节》。1923 年，因为"以其高度艺术化且洋溢着灵感的诗作表达了整个民族的灵魂"，叶芝荣获该年度诺贝尔文学奖。

晨曲

[爱尔兰] 萨缪尔·贝克特 / 海岸 译

拂晓前你不会离开

而但丁逻各斯以及每一级地层与奥秘

以及打上烙印的月亮

远离白色的音乐平面

拂晓前你定会在此安顿

温情吟唱的幽暗雨丝

飘向槟榔般黑黝黝的苍穹

飘落到片片竹林烟花柳巷[1]

尽管你垂落饱含同情的手指

签收下这遗骸

却也增添不了你的慷慨

在我面前你的美丽只是一条裹尸布

——————

[1]　贝克特读过法国音乐学家路易·拉卢瓦的著作《中国音乐》，这三行诗便是基于此书。

它自身的表白涵盖暴风雨般的象征

所以无须阳光无须揭幕

无须主人

只有我与随后的裹尸布

以及大批的尸体

[爱尔兰] 萨缪尔·贝克特 / 海岸 译

是时候了恋人

婚礼① 恋人

将你束带的衣裳全部卸下

带上阴囊的全副把戏爬上一座高高的山冈

甚至像那崇拜阴茎的② 吟游诗人

他的定金不过是

卢瓦尔河畔

已成马厩的小教堂

泥地上的烂泥

此时此地麦琪③ 连同干草耙

不停地唤醒他

家已移居他乡，除了收获时节

---

① 原文为德语 "hochzeit"，字面上有 "是时候" 的意思。

② "崇拜阴茎的" 原文为 "priapean"，系 "Priapus"（普里阿普斯）的形容词。普里阿普斯是希腊神话中的生殖之神，以拥有一个巨大、永久勃起的男性生殖器而闻名。

③ 麦琪（magi），本意为 "占星术士、魔术师"，是古波斯琐罗亚斯德教祭司的头衔（又译为 "麻葛"），也是《新约·马太福音》里基督初生时来送礼物的三贤人（又称为 "东方三博士"）。

也许只是一棵花草

但是

眼泪遮住了所有风险

你拍了一张照片曝光适度你

哭着把泪洒进礼帽里

随后硫黄添上一把火

杜松在火堆里噼啪作响

纺纱机淹没了

苦艾和马鞭草泥涂抹旧时的痘痕

硫酸油一样洒满地面

尽是她的小摆设

美的头皮屑在狂风里发了疯

小鸟受怂恿飞出了囚笼

受精的鸽子快快拔出鸟嘴

安忒洛斯①

春雨之云②产下一轮明月

---

① 安忒洛斯，希腊神话中的情欲之神。
② 典出《旧约·箴言》第16章第15节："其恩有若春雨之云。"

渐弱

[爱尔兰] 萨缪尔·贝克特 / 海岸 译

一

为何不仅仅是词库里的

绝望

时刻

流产比不育不是更好吗

追随你的时光消逝，铅一般沉重

它们总是早早地拉起锚钩

盲目地抓紧欲望之床

抚育身骨曾经的爱人

眼窝里一度重现你那样的眼睛

过早经历总比永不经历更好吧

黑色的欲望溅上他们的脸颊

再次说这九天绝不会淹没爱情

九个月也不会

九条命亦不

二

再一次说

如果你不教我就不学

再次说最后

甚至最后一次

最后一次乞求

最后一次相爱

知道或不知道假装

最后甚至最后一次说

如果你不爱我没人会爱我

如果我不爱你我就不会爱

陈词滥调再次在心中翻滚

爱爱爱古老的跳水者砰的一声

击溃无法改变的

苍白词语

再一次惊恐于

不能相爱

虽然爱但爱的却不是你

为人所爱却不为你所爱

知道或不知道假装

假装

我和其他所有人都会爱你

如果他们爱你

<h1 style="text-align:center">三</h1>

除非他们爱你

我愿我的爱死去

愿那一场雨正落在墓地上

落在街头上行走的我

哀悼那个自认为爱我的她

暮年之际一个人

蜷缩于炉火之上

因女巫而发抖

在床头摆开

杯盘美酒

她在灰烬中闪现

爱过的人不会被诱惑

或受到诱惑并不相爱

或灰烬中还会

惹上一些别的麻烦

仿佛旧光线下

灰烬中闪现的脸

那古老的星光

在地球重现。

萨缪尔·贝克特 (1906—1989)

　　爱尔兰诗人、小说家兼剧作家，出生于爱尔兰福克斯罗克，毕业于都柏林三一学院，后旅居法国。1969 年他被授予诺贝尔文学奖。他毕生的创作，无论是英文诗集《回声之骨及其他沉积物》(1935)、法文诗集《诗歌及蹩脚诗》(1978)，还是享誉世界文坛的荒诞派名剧《等待戈多》(1953) 以及他的八部小说，如三部曲《莫洛伊》《马龙之死》《无法称呼的人》(1951—1953) 等，均以其独特的艺术语言与存在主义思想的完美结合，表现出一个荒诞不经的非理性世界，一种人生失却存在意义的荒谬感，一种虚无却又深刻的悲哀。

一朵红红的玫瑰

[苏格兰] 罗伯特·彭斯 / 袁可嘉 译

啊，我爱人像一朵红红的玫瑰，

它在六月里初开；

啊，我爱人像一支乐曲，

它美妙地演奏起来。

你是那么漂亮，美丽的姑娘，

我爱你是那么深切；

我会一直爱你，亲爱的，

一直到四海枯竭。

一直到四海枯竭，亲爱的，

到太阳把岩石烧化；

我会一直爱你，亲爱的，

只要生命之流不绝。

再见吧，我唯一的爱人，

让我和你小别片刻；

我会回来的，亲爱的，

即使我们万里相隔。

[苏格兰] 罗伯特·彭斯 / 傅浩 译

哦，假如你在那寒风里，

在遥远牧场，在遥远牧场，

用花呢披肩迎愤怒风口，

我为你遮挡，我为你遮挡。

假如厄运的凄风和苦雨

围着你怒吼，围着你怒吼，

你的藏身处就是我怀抱，

任你全占有，任你全占有。

假如我在蛮荒的原野上，

黑暗又枯寂，黑暗又枯寂，

那荒漠就好似一座乐园，

有你在那里，有你在那里。

假如我主宰全球的领土，

与你共享有，与你共享有，

我王冠上头最亮的珍珠

就是我王后，就是我王后。

罗伯特·彭斯 (1759—1796)

　　苏格兰人民伟大的农民诗人，在英国文学史上占有特殊的地位。他复活并丰富了苏格兰民歌；他的诗歌富有音乐性，可以歌唱。

草莓

［苏格兰］埃德温·摩根 / 梅申友 译

不曾有过那样的草莓

像我们吃过的那样

在那个闷热的下午

我们打开法式窗户

坐在台阶上

彼此对视

我的膝盖压着你的膝盖

上面是蓝色的盘子

草莓在炙热的阳光下

晶莹发亮

我们蘸着糖吃

彼此对视

不心急

随之而来的盛宴

空空的盘子

放在石头上

还有两根交错而放的叉

我弯身向你

空气如此甜蜜

你在我的臂弯里

像个放纵的孩子

记忆里

那草莓的味道

从你热烈的唇间逸出

再次仰身

让我爱你吧

让阳光敲醒

我们的健忘

整整一个时辰

那难当的酷热

和基尔帕特里克山上的

夏日闪电

让风暴来清洗杯盘吧

埃德温·摩根 (1920—2010)

　　苏格兰诗人。1937 年进入格拉斯哥大学学习，二战期间曾一度中断学业，1947 年毕业后留在英语系任教，直至 1980 年退休。摩根是二十世纪苏格兰文艺复兴的代表人物，写过大量的诗篇歌咏现代生活，同时也反映城市中的贫困和暴力。诗歌形式多样，从十四行诗到具象诗，不一而足。他掌握多种语言，翻译过古英语诗《贝奥武甫》、帕斯捷尔纳克、马雅可夫斯基、洛尔迦、蒙塔莱等诗人的作品。1999 年成为格拉斯哥首位桂冠诗人。

美人，我们去看玫瑰 *

[法]彼埃尔·德·龙沙 / 陈敬容 译

美人，我们去看玫瑰，

她今晨刚刚开放，

她鲜红的衣裙在阳光下闪光；

今晚我们去看她是否

已失去了鲜红的褶裙，

还有那和您一样娇嫩的模样。

咳，您看她周围的地上，

美人啊，这如同眨眼之间，

业已凋落了她美丽的花瓣！

噢，大自然真是狠心的后妈，

因为如此美丽动人的花

从早晨到傍晚便结束生涯！

因此，假如你相信我，亲爱的，

---

* 献给诗人的恋人加桑德的颂诗。

142

趁您风华正茂，

趁您美貌年华，

要抓住啊，要抓住您的青春：

就像这朵玫瑰的命运，

老年将使您的容貌不再动人。

彼埃尔·德·龙沙 (1524—1585)

法国十六世纪最著名诗人。1547 年组织七星诗社。他的《致埃莱娜十四行诗》，一向被视为十四行诗中的佳作。龙沙本人被公认为"七星诗派"的首席诗人。

赞歌

[法]波德莱尔 / 钱春绮 译

最亲爱的、最美的女郎，

她使我心里充满光明，

这位天使，不朽的偶像，

我要祷祝她万古长青！

她仿佛是含有盐的风，

在我生命之中弥漫

她在我不知足的心中，

注入对于永恒的爱念。

这个使我可爱的茅屋

生香的香袋，常保新鲜，

这个被人遗忘的香炉，

透过黑夜秘密地冒烟，

不朽的爱啊，怎么描出

你真正的本来的风姿?

在我永恒的内心深处

暗暗潜藏的麝香香粒!

最善良的最美的女郎,

她使我健康,使我欢欣,

这位天使,不朽的偶像,

我要祷祝她万古长青!

夏尔·波德莱尔 (1821—1867)

法国著名诗人,象征主义的鼻祖。他的传世之作《恶之花》是一个孤独忧郁乃至病态的诗人追求光明、幸福和理想而终遭失败的记录。

白色的月

[法] 魏尔伦 / 梁宗岱 译

白色的月

照着幽林，

离披的叶

时吐轻音

声声清切：

哦，我的爱人！

一泓澄碧，

净的琉璃，

微波闪烁，

柳影依依——

风在叹息：

梦吧，正其时。

无边的静

温婉，慈祥，

万丈虹影

垂自穹苍

五色辉映……

幸福的辰光！

保尔·魏尔伦 (1844—1896)

十九世纪法国著名诗人，象征派诗歌运动的主将。

雪

[法] 果尔蒙 / 戴望舒 译

西芙纳，雪和你的颈一样白，

西芙纳，雪和你的膝一样白。

西芙纳，你的手和雪一样冷，

西芙纳，你的心和雪一样冷。

雪只受火的一吻而消融，

你的心只受永别的一吻而消融。

雪含愁在松树的枝上，

你的前额含愁在你栗色的发下。

西芙纳，你的妹妹雪睡在庭中。

西芙纳，你是我的雪和我的爱。

玄米·德·果尔蒙 (1858—1915)

法国后期象征主义诗坛的领袖。《西芙纳集》是他的著名诗作。

蜜腊波桥

[法] 阿波利奈尔 / 闻家驷 译

塞纳河在蜜腊波桥下扬波

我们的爱情

应当追忆吗

在痛苦的后面往往来了欢乐

让黑夜降临让钟声吟诵

时光消逝了我没有移动

我们就这样手拉着手脸对着脸

在我们胳臂的桥梁

底下永恒的视线

追随着困倦的波澜

让黑夜降临让钟声吟诵

时光消逝了我没有移动

爱情消逝了像一江流逝的春水

爱情消逝了

生命多么迂回

希望又是多么雄伟

让黑夜降临让钟声吟诵

时光消逝了我没有移动

过去一天又过去一周

不论是时间是爱情

过去了就不再回头

塞纳河在蜜腊波桥下奔流

让黑夜降临让钟声吟诵

时光消逝了我没有移动

纪尧姆·阿波利奈尔 (1880—1918)

　　法国诗人，立体未来派的代表，现代派先驱之一。他的诗无标点符号，靠本身节奏的抑扬顿挫，以增加朦胧感。《蜜腊波桥》是他的情诗杰作。

永远作为第一次

[法]布洛东 / 金志平 译

永远作为第一次

就好像我刚刚跟你面熟

你在夜晚某时回到我窗前一座倾斜的屋子里

完全想象中的屋子

正是每时每刻在这儿

在未经触动的夜里

我预计又一次会发生迷人的裂口

门面和我的心儿

唯一的裂口

我越走近你

事实上

钥匙在这个陌生的房门上唱得越欢

我觉得你在室内似乎是孤独的

你起初整个儿隐没在光辉中

从窗帘的一角匆匆瞥一眼

这是一片茉莉花的田野

我在黎明时分格拉斯郊区路上观赏过的

还有穿梭般的采花姑娘

她们的身后是摘去花朵的下垂的残梗

她们的身前是令人眼花缭乱的畦田

门帘不知不觉地卷起

所有的花朵乱哄哄地进来

你在想方设法消磨这过分冗长的时间

直到睡觉以前绝不会安定下来

你要能保持面目不变

除非我永远不会再和你相会

你假装不知道我在观察你

妙的是我也不比你所知道的更有信心

你的慵困使我眼中充满泪水

围绕你每个手势可做出一大堆乌云似的解释

这是一种对蜜汁的追求

一座桥上有摇椅

森林中有差点把你皮肤划破的树枝堆

罗莱特圣母街一个玻璃橱窗内

有两条穿着高筒丝袜的美丽的腿交叉着

从一株巨大的白色三叶草的中心开出来

有一个丝绸的软梯展开在常春藤旁

有呀有

我俯身在悬崖上

从没有希望见到你或不见你的模糊感觉中

我找到了

爱你的秘诀

永远作为第一次

安德烈·布洛东 (1896—1966)

法国诗人，超现实主义领袖。诗歌代表作有《疯狂的爱》等。

恋人

［法］艾吕雅 / 徐知免 译

她站在我的眼睑上

而她的头发披拂在我的头发中间

她有我手掌的形状

她有我眸子的颜色

她被我的影子所吞没

仿佛一块石头在天上。

她的眼睛总是睁开着

不让我睡去。

在大白天她的梦

使阳光失色，

使我笑，哭了又笑，

要说但却什么话也说不出。

保尔·艾吕雅 (1895—1952)

法国现代诗人，早期属超现实主义派，后加入法共。

我的恋人有水的品性

[法] 谢阁兰 / 车槿山　秦海鹰 译

我的恋人有水的品性：清澈的微笑，流动的
姿态，纯净的嗓音像水滴般歌唱。

当偶尔，情不自禁，火光在我眼中闪烁，她懂
得如何一边颤抖一边撩拨：把水洒向通红的
　煤炭。

我那具有生命的水，如今全部泼洒在地！她流
走了，躲开了，我焦渴地朝她追去。

我把双手捧作杯，我用双手截住水，如痴如醉
　地掬起送到唇边：
我咽下了一把泥浆。

维克多·谢阁兰 (1878—1919)

继佩兰和克洛岱尔之后又一位跟中国文化结缘的法国诗人。从二十世纪六十年代开始，一些独具慧眼的学者，通过对谢阁兰大量遗作的整理出版，"重新发现"了他非凡的美学和诗歌成就。可以说，谢阁兰死后多年，终于功成名就。诗集《碑》是谢阁兰生前正式出版的唯一一本诗集。此书采用中国传统的收录金石拓片的连缀册页形式，书中每首诗的右上角皆配汉语题词，诗的四周还围以黑色边框，使人见书如见碑，表现了诗人对"碑体诗"的独特追求。

公园里

［法］普列维尔 / 高行健 译

一千年一万年

也难以

诉说尽

这瞬间的永恒

你吻了我

我吻了你

在冬日朦胧的清晨

清晨在蒙苏利公园

公园在巴黎

巴黎是地上一座城

地球是天上一颗星

普列维尔 (1900—1977)

　　法国诗人，深受法国普通读者的欢迎。主要作品
有《歌词集》《故事集》《戏剧集》《雨天与晴天》等。
他的抒情诗，从普通人的日常生活出发，在嘲弄的语
调下，洋溢着对生活和劳动的人民的挚爱。他用现代
口语写诗，语言朴素流畅，同时又把现代艺术诸如电
影和绘画的许多新的艺术手法引入诗歌，对法国现代
诗歌语言成功地进行了革新，找到一条克服现代诗与
歌分家的途径。他的诗大都谱成了曲。

海
涛

[意大利] 夸西莫多 / 吕同六 译

多少个夜晚

我听到大海的轻涛细浪

拍打柔和的海滩,

抒出了一阵阵温情的

软声款语。

仿佛从消逝的岁月里

传来一个亲切的声音

掠过我的记忆的脑海

发出袅袅不断的

回音。

仿佛海鸥

悠长低回的啼声;

或许是

鸟儿向平原飞翔

迎接旖旎的春光

婉转的欢唱。

你

与我——

在那难忘的年月

伴随这海涛的悄声碎语

曾是何等亲密相爱。

啊，我多么希望

我的怀念的回音

像这茫茫黑夜里

大海的轻细浪

飘然来到你的身旁。

萨瓦多尔·夸西莫多 (1901—1968)

意大利当代最优秀的三位抒情诗人之一，二十世纪诗歌领域里独树一帜的"隐逸派"诗人的重要代表。他的诗歌创作，十分重视艺术形象的提炼，喜欢采用象征主义的手法，借助自然景物的描绘，抒发人的瞬息间的感受。"由于他的抒情诗以高贵的热情表现了我们时代生活中的悲剧"，1959 年获诺贝尔文学奖奖金。

微风

[西班牙] 贝克尔 / 李文俊 译

微风发出轻轻的呼唤

吻它淘气地搅碎的漪涟；

西天的云霞紫光灿烂

被落日吻得羞红了脸，

火焰毕剥地窜过树干

为了痛吻另一朵火焰。

而杨柳，柔枝低低弯垂

去回吻那多情的河水。

古·阿·贝克尔 (1836—1870)

西班牙著名诗人，一生在贫穷与失意中度过。他的诗歌被认为是西班牙现代诗歌的起点，其中最著名的是《韵诗集》，记载诗人一次不幸的恋爱经过。此书在西班牙脍炙人口，几乎每一个人都可以背诵其中几首。

裸

［葡萄牙］大卫·莫朗·费雷拉 / 姚风 译

急切地
脱掉衣服

灵魂深处
你并不愿穿任何衣服

急切地
脱掉衣服

如果可能
甚至脱掉皮肉

大卫·莫朗·费雷拉 (1927—1997)

葡萄牙诗人和诗歌评论家。他的诗作想象力丰富，形式多变，带有神秘色彩，为葡萄牙当代诗坛最有影响的诗人之一。主要作品有诗集《清晰的喊声》(1958)、《穿雾旅行》(1960)、《开始之声》(1960)、《地球的面孔》(1961)、《占据空间》(1963)、《我活着和描写太阳》(1966)、《身体建设》(1969)、《在他那沉默的眼睛里》(1971)、《赤裸的石头》(1973)、《形象》(1977)、《纸上的乌云》、《荒漠的标记》(1978)和《倾斜》(1980)。

读：爱

[斯洛文尼亚] 托马斯·萨拉蒙 / 高兴 译

读你的时候，我在游泳。像只熊——带爪的熊，

你将我推入天堂。你躺在我身上，

撕裂我。你让我坠入情网，直至死去，又

   第一个

出生。只用了片刻，我就成为你的篝火。

我从来如此安全。你是极致的

成就感：让我懂得渴望来自何处。

只要在你之内，我便是在温柔的墓穴里。你

   切割，

你照亮，

每一层。时间喷发出火焰，又消失无踪。凝

   望你的

时刻，

我听见了赞美诗。你苛刻，严格，具体。我

无法言语。我知道我渴望你，坚硬的灰色钢铁。

为了你的

一次触摸，我愿放弃一切。瞧，傍晚的太阳

正撞击着乌尔比诺庭院的围墙。我已为你

死去。我感觉着你，我用着你。折磨者。

你灭绝我，用火把点燃我，

总是如此。而乐园正流进你摧毁的地方。

托马斯·萨拉蒙 (1941—2014)

　　斯洛文尼亚诗人，被公认为东欧诗坛的领军人物。出生于萨格勒布，在小镇科佩尔长大。卢布尔雅那大学毕业后任文学编辑，因发表"出格作品"遭当局关押，因此成为文化英雄。次年自费印制诗集《扑克》，以其荒诞性、游戏性和反叛色彩，被认为战后斯洛文尼亚现代诗歌的肇始。借助美术活动，游学意、法、美、墨西哥等国。一次次地出游，"与其他诗人、其他世界和其他传统相遇"，使之具有宇宙意识和目光。著有《蓝塔》《太阳战车》等数十部诗集，曾获"诗歌与人·诗人奖"（广州）。

追忆

[罗马尼亚] 尼基塔·斯特内斯库 / 高兴 译

她美丽得犹如思想的影子——

她的后背散发出的气息

像婴儿的皮肤，像新砸开的石头，

像来自死亡语言中的叫喊。

她没有重量，恰似呼吸。

时而欢笑，时而哭泣，硕大的泪

使她咸得宛若异族人宴席上，

备受颂扬的盐巴。

她美丽得犹如思想的影子。

茫茫水域中，她是唯一的陆地。

忧伤的恋歌

[罗马尼亚] 尼基塔·斯特内斯库 / 高兴 译

唯有我的生命有一天会真的

为我死去。

唯有草木懂得土地的滋味。

唯有血液离开心脏后，

会真的满怀思恋。

天很高，你很高，

我的忧伤很高。

马死亡的日子正在来临。

车变旧的日子正在来临。

冷雨飘洒，所有女人顶着你的头颅，

穿着你的连衣裙的日子正在来临。

一只白色的大鸟正在来临。

尼基塔·斯特内斯库 (1933—1983)

　　罗马尼亚诗人。出生于普洛耶什蒂，从小酷爱音乐，中学时对文学发生兴趣。1952 年考入布加勒斯特大学语言文学系，毕业后在《文学报》担任诗歌编辑，结识了一批富有创新精神的年轻诗人，形成一个具有先锋色彩的诗歌团体，斯特内斯库是其中的核心成员。他极力主张诗人发掘自我、表现自我，并用视觉想象，著有《情感的形象》《时间的权力》等近二十部诗集和散文集。他的诗歌写作和主张在那个年代具有革命性意义，给观念陈旧的罗马尼亚诗坛吹去一股清新之风。

远景

［罗马尼亚］马林·索雷斯库 / 高兴 译

倘若你稍稍离开，

我的爱会像

你我之间的空气一样膨胀。

倘若你远远离开，

我会同山、同水、

同隔开我们的城市一起

把你爱恋。

倘若你远远地、远远地离开，

一直走到地平线的尽头，

那么，你的侧影会印上太阳、

月亮和蓝蓝的半片天穹。

马林·索雷斯库 (1936—1996)

罗马尼亚诗人。他善于以自由的形式，用通俗的语言来叙述某些人们熟悉的人物或某些普通的事情。然而，他的不拘一格的简单叙述不知不觉中就会引出一个深刻的象征。表面上的通俗简单时常隐藏着对重大主题的冷峻思索。表面上的漫不经心时常包容着种种微妙情感。主要诗集有《时钟之死》《万能的灵魂》等。

一个女人在等我

[美] 瓦尔特·惠特曼 / 梁余晶 译

一个女人在等我——她样样都有，什么也不缺，

但若缺了性，或缺了合适男人的滋润，便缺
了一切。

性包含了一切，

肉体、灵魂、意义、证据、纯洁、精致、结局、
宣告，

歌唱、命令、健康、骄傲、母性的神秘、影
响深远的乳汁；

所有的希望、恩惠与馈赠，

所有世间的激情、爱恋、美丽与欢乐，

所有世间的政府、法官、神灵与向导，

都包含在性中，成为它一部分，为其辩护。

我喜欢的男人知道这点，承认他享受性的美
味，丝毫不觉羞耻，

我喜欢的女人也知道这点，承认她很享受，

　　同样不觉羞耻。

现在我要离开那些冷淡的女人，

去找个正在等我的女人，与她相伴，和那些

　　能满足我的热血女人相伴；

我知道她们理解我，不会拒绝我；

我知道她们值得我爱——我将会是这些女人

　　精力充沛的丈夫。

她们的精力一点都不比我少，

她们的脸因日晒风吹变成了褐色，

她们的肉体带有古老神圣的柔韧与力量，

她们知道怎样游泳、划船、骑马、摔跤、射击、

　　奔跑、击打、撤退、前进、抵抗和保护自己，

　　她们能把自身能力发挥到极致——她们平静，

清晰，懂得自我控制。

我将你们拉近身前，你们这些女人！

我不会让你们走，我会好好待你们，

我来就为了你们，你们也是为了我，这不仅
　是为了我们，也是为了别人；
更伟大的英雄和诗人在你们体内沉睡，
其他男人的触摸无法让你们苏醒，除了我。

这便是我，你们这些女人——我一路前进
我坚定，刺激，巨大，不可动摇——但我爱
　你们，
我不会伤害你们，除非是必要的伤害，
我倾泻精华，为了造出适合这些州的儿女——
我用缓慢强壮的肌肉挤进，
我有效地支撑自己——不听从任何恳求，
把自己体内的长久积蓄存入之前，我不敢抽
　身而出。

通过你们，我排干了自身被压抑的河，
我用你们的身体裹住了未来的千年，
在你们身上，我嫁接了自己和美国最深爱的
　嫩枝，
在你们那里，我滴下的液体将会长成强壮泼

辣的女孩，新的艺术家、音乐家和歌手，

我使你们生下的婴孩，到时又会生下别的婴孩，

通过爱的花费，我想得到完美的男人和女人，

我期望他们去和别人交融，就像我和你们现

在这样，

我会期待他们喷涌的阵雨催生出的果实，就

像现在期待自己雨水喷涌下的果实一样，

我会期待那些可爱的庄稼出生，长大，死去，

走向永恒，如今我无比钟爱地将它们种下。

瓦尔特·惠特曼 (1819—1892)

美国诗人、散文家及人文主义者。他的写作处于超验主义与现实主义间，其自由诗作品兼具了二者的优点。惠特曼是美国文坛最伟大的诗人之一，但《草叶集》曾因对性的大量描述而引发争议。

你可以说

［新西兰］布莱恩·特纳 / 梁余晶 译

事物在本质上

同时

平凡又奇异

一个寻常夜晚

在马尼奥托托

此地正在退却

正如它每次放弃

必须给予的一切

用让我们分离的

方式，突显了

想知道再次

归还有多难，

更别说去问

是否公共利益

能够，或想要

在本能上尽力囊括

陆地和天空

以及居住在此的一切……

就像你可以说

心碎了就是碎了

谁干的，为什么，

后来怎样，都不

重要，而是要心碎

多久，多久。

布莱恩·特纳 (1944—)

　　新西兰诗人，生于达尼丁，六十年代曾是新西兰曲棍球队员，打过板球，当过公路自行车手。1978年，他的第一本诗集《雨梯》获得英联邦诗歌奖，曾先后在奥塔哥大学和坎特伯雷大学担任驻校作家，到目前为止，共出版诗集十一本，多次获得奖项与创作基金。2009年，他被授予新西兰总理文学成就奖（诗歌）。特纳目前住在奥塔哥中部马尼奥托托地区一个只有三十至四十人的小镇上。

抒情曲

——我的爱人是深处的

火焰躲藏在水底

[美] 庞德 / 赵毅衡 译

——我的爱人快乐而善良

我的爱人不容易找到

就像水底的火焰。

风的手指

迎着她的手指

送来一个微弱的

快速的敬礼

我的爱人快乐

而且善良

但是不容易

遇见,

就像水底的火焰

不容易遇见。

少女

[美] 庞德 / 赵毅衡 译

树长进我的手心，

树叶升上我的手臂。

树在我的前胸

朝下长，

树枝像手臂从我的身上长出。

你是树，

你是青苔，

你是轻风吹拂的紫罗兰，

你是个孩子——这么高：

这一切，世人都看作愚行。

埃兹拉·庞德 (1885—1972)

美国诗人，评论家，英美现代派诗歌的奠基人之一。

歌

[英]艾略特 / 裘小龙 译

白月光菊向飞蛾展开花瓣，

薄雾从海面上慢慢地爬过来，

一只白色的巨鸟——羽毛似雪的枭

从白桤树枝梢上悄悄飞下。

爱啊，你手中捧着的花朵

比海面上的薄雾更洁白，

难道你没有鲜艳的热带花朵——

紫色的生命，给我吗？

托·斯·艾略特 (1888—1965)

他是美国人，后加入英国国籍，是现代英美诗歌中极有影响的一位诗人。他在二十世纪二十年代的作品被认为是"迷惘的一代"之先声。他是美国诗人中唯一的诺贝尔文学奖获得者 (1948)。

情歌

[美]威廉·卡洛斯·威廉斯 / 傅浩 译

我躺在这里想你——

爱的颜料

在这世上!

黄色、黄色、黄色

它蚕食树叶,

用橘黄色涂抹

沉重

倚靠着一片平滑的紫色

天空的长角树枝!

没有光

只有稠似蜂蜜的颜料

从叶子滴到叶子

从枝干滴到枝干

败坏着全世界的

色彩——

远远地在那

西天酒红色花边下的你^①！

---

① "我当时想着〔查尔斯·〕德穆斯描绘地平线之上的天空的画"(约翰·C.
瑟尔沃尔的笔记)。

威廉·卡洛斯·威廉斯 (1883—1963)

　　美国诗人，最初与庞德的意象主义运动有关，后来自成一派，发展成融形式与意义为一体的客观主义，认为"事物之外别无观念"。著有诗集多种、长诗一部、评论集一部、自传一部、长、短篇小说若干。被公认为惠特曼以后最有影响的真正具有美国本土风格的诗人。

瓦伦丁

[美] 约翰·阿什伯利 / 松风 译

就像玫瑰丛里的一条蟒，就像

枯萎曼陀罗间的角蜓，我朝你蜿蜒奔去

盘在你身边。城堡的名字就是你，

群山之王。那是一个通宵卡车休息站

供应犹他州最好的咖啡和汉堡。

它美妙绝伦，在日光里闪着夜光。

七层宝石：苔纹玛瑙，珊瑚，砂金石，

红玉髓，瑞士青金，黑曜石——也许还有别的。

你此刻知道它有着弦乐四重奏的

形态。不同的乐章总是相互折腾，

互相纠缠，彼此妨碍

以致最终巧妙地抽身，留下——什么？

一种新的空，也许沐浴在新鲜里，

也许不。也许只是一种新的空。

约翰·阿什伯利 (1927—2017)

美国诗人，纽约派诗歌的重要代表，出生于纽约州的罗切斯特，以诗歌写作和艺术批评而闻名。以《凸镜中的自画像》(1975)获普利策奖、国家图书奖和国家图书批评界奖。

爱

[美]布罗茨基 / 金重 译

这一夜我两次醒来，走到
窗前。街灯是睡梦吐露的
一个句子中的碎片，
伸延至虚无，若同一串省略号，
没有给我带来安慰和欢欣。

我梦见了你，怀着孩子。而离开你后，
有多少岁月已经消逝，
我经历着一个罪人的痛苦，我的双手
兴奋地抚摸着你的腹部，
却发觉，它们是在摸索自己的裤子

和电灯开关。拖着双脚，我来到窗前，
才想起我把你独自留在了那里，
留在了黑暗中，留在了那个梦里，而你
却耐心地等待着，当我归来

你没有责备我，责备这不该发生的

别离。而在光明中
被割断的，却能在黑暗中延续；
在那里，我们结婚，举行婚礼，我们做爱，
扮演双背兽；而孩子们
认为我们的赤裸理所当然……

将来某个夜晚，你会再次
来到我的身边，那时你疲惫，消瘦，
我还会看到一个儿子，或是女儿，
还没有起名字——这一次我不会
去匆匆开灯，也不会

挪开我的手；因为我没有权力
把你留在那片国土里，那片
沉寂的阴影中，留在白昼的铁栏外，
让你跌入无依无靠的深渊，它，远离这个
包含着我的现实——无法得到。

约瑟夫·布罗茨基 (1940—1996)

美籍俄罗斯诗人，很早开始写诗，1972 年移居美国。主题的丰富，视野的开阔，使他很快确立了自己在世界诗坛上的地位。1987 年获诺贝尔文学奖。主要诗集有《荒野中的停留》等。

情歌

[墨西哥] 奥克塔维奥·帕斯 / 朱景冬 译

我的思想

比爬藤的手指间的水滴

还透明

它架起一座桥

把你和你本身连通

你瞧你

你比你住的肉体还真实

留在我的额头中央吧

你就是为住在一个岛上而生

触
摸

[墨西哥] 奥克塔维奥·帕斯 / 高兴 译

我的双手

打开你的存在之帘

在进一步的裸露中，为你裹上衣衫

揭示你肉身中的肉身

我的双手

为你的肉身创造另一副肉身

姑娘

——致劳拉·艾莱娜

[墨西哥]奥克塔维奥·帕斯/赵振江 译

姑娘，你提到树，

树便生长，缓慢却又兴旺，

碧波耀眼，

在空中荡漾；

就连我们的眼神

都闪着绿光。

姑娘，你提到天，

蔚蓝的天，洁白的云，

清晨的光线，

一齐涌进你的胸怀，

使它也变成蓝天，像蓝天一样清湛。

姑娘，你提到水，

不知从何处，水便溢出，

湿润黑色的沃土，

使花儿返青，叶儿闪着水珠，

使我们也成了潮润的雾。

姑娘，你不要说话，

在音乐声中

生活会从寂静中诞生；

那金色的浪潮

会把我举到峰顶，

使我们又恢复了本来的迷惘朦胧。

将我高举并使我复活的姑娘！

无休无止、永恒的波浪！

奥克塔维奥·帕斯 (1914—1998)

　　享誉世界的墨西哥诗人。富恩特斯称他为焊接艺术大师。永恒的瞬间，这是他诗歌的基点。代表作有长诗《太阳石》等。此外，他的那些短诗也写得精妙至极。这显然与他受到的东方影响有关。他本人就曾译过王维、杜甫和李白的作品。1990 年获得诺贝尔文学奖。

爱情很大

[巴西] 卡洛斯·特鲁蒙多·安德拉德 / 姚风 译

世界很大，

但这扇向海的窗子可以把它容纳。

大海很大

但这张床、这个爱的床褥可以把它容纳。

爱情很大，

但一个亲吻可以把它容纳。

卡洛斯·特鲁蒙多·安德拉德 (1902—1987)

巴西的"国家诗人"，一生在国内外多次获得诗歌奖。作为巴西现代诗歌大师级的人物，他承先启后，开创了一代诗风，他把诗歌语言从平庸刻板的规约化中解放出来，摈弃前人惯用的华美修辞，大胆采用平民化的口语来书写日常生活，甚至杂入市井俚语，从而让诗歌走出象牙之塔，赢得了更广阔的阅读空间。

我们还是错过了

［智利］巴勃罗·聂鲁达 / 姚风 译

我们还是错过了这个黄昏。
今天下午没有人看见我的手牵着你的手
当蓝色的夜正在世界降临。

找从我的窗口看到
落日于远山中狂欢。

有时一枚太阳
就像金币在我的双手间燃烧。

我忆起你，用你所熟悉的悲伤
逼压的灵魂。

那么，当时你在哪里？
和什么人在一起？
说了些什么话语？

当我伤悲，感觉你距我遥远

为什么所有的爱就把我袭击？

总在黄昏时分翻阅的书跌落在地，

披风像受伤的狗滚落在我的脚边。

总是，你总是在下午时远离

走向黄昏奔跑着抹去雕像的地方。

有你的胸脯，我的心已足够

［智利］巴勃罗·聂鲁达 / 姚风 译

有你的胸脯，我的心已足够，

有我的翅膀，你的自由已足够。

枕你灵魂而眠的事物，

将从我的唇间抵达天堂。

你身上的每一天都是幻梦，

你到来，犹如露珠降临花冠。

你没有来，地平线为此塌陷。

你像海浪，永远逃离着海浪。

我说，你曾在风中吟唱，

宛如松林，宛如桅杆。

你像它们一样挺拔，一样静默。

突然间，你悲伤得像一次远行。

你像一条古道，收留旅人。

你充盈着回声和怀乡之音。

我醒来，只因睡在你心中的鸟群，

有时要迁徙，有时要飞离。

每天你和宇宙的光

[智利] 巴勃罗·聂鲁达 / 黄灿然 译

每天你跟宇宙的光一起游戏。

神秘的访客,你来到花中水中。

你不仅仅是每天被我捧在手里

像一串果实的这个白色的头。

你不像任何人,自从我爱上你。

让我把你铺开在黄色的花环中间。

是谁用烟的字母把你的名字写在南方的星群

　中间?

啊,让我回忆你存在之前的样子。

风突然吼叫着拍击我紧闭的窗户。

天空是一张网,拥塞着幽暗的鱼。

这里所有的风迟早都要释放,所有的风。

雨脱下她的衣裳。

鸟儿经过，逃走。

风。风。

我只能对抗人的力量。

风暴卷起暗淡的叶子

并把昨夜里将缆绳系在天上的船统统松开。

你在这里。啊，你并没有跑掉。

你将回答我的呼喊直到最后。

你依偎在我的怀里仿佛受了惊。

即便如此，仍然有一道奇怪的阴影掠过你的
　　眼睛。

唷唷，小人儿，你也给我带来忍冬，

甚至你的乳房也散发它的气息。

当悲哀的风开始屠杀蝴蝶，

我爱你，我的幸福咬着你嘴巴的李子。

你一定为了适应我而受尽了苦。

我野蛮、孤独的灵魂，我那使他们纷纷逃避
　　的名字。

多少次我们看见晨星燃烧，亲吻我们的眼睛，

而在我们头顶暗淡的光在旋转的风扇里展开。

我的话雨点般落向你，抚摸你。

我早就爱上你那浴过阳光的珍珠母的肉体。

我甚至想像你拥有整个宇宙。

我将从山上给你带来幸福的花朵，风铃草，

黑榛子，和一篮篮泥土气的吻。

我要

和你做春天和樱桃树所做的。

巴勃罗·聂鲁达 (1904—1973)

智利诗人。聂鲁达 1923 年发表第一部诗集《黄昏》，1924 年发表成名作《二十首情诗和一支绝望的歌》，自此登上智利诗坛。他的诗歌既继承西班牙民族诗歌的传统，又接受了波德莱尔等法国现代派诗歌的影响；既吸收了智利民族诗歌特点，又从惠特曼的创作中找到了自己最倾心的形式。主要作品还有《全体的歌》《大地上的居所》等。